中国仁爱故事

文化部民族民间文艺发展中心 选编

光明日报出版社

图书在版编目（CIP）数据

中国仁爱故事 / 文化部民族民间文艺发展中心选编. -- 北京：光明日报出版社，2015.8（2019.10重印）

ISBN 978-7-5112-7717-6

Ⅰ.①中… Ⅱ.①文… Ⅲ.①故事—作品集—中国 Ⅳ.①I247.8

中国版本图书馆CIP数据核字（2015）第006225号

中国仁爱故事
ZHONGGUO RENAI GUSHI

选　　编：文化部民族民间文艺发展中心

策划人：李　松	
责任编辑：谢　香　李　倩	责任校对：傅泉泽
封面设计：杰瑞设计	责任印制：曹　净

出版发行：光明日报出版社
地　　址：北京市西城区永安路106号，100050
电　　话：010-67078248（咨询），010-63131930（邮购）
传　　真：010-67078227，67078255
网　　址：http://book.gmw.cn
E - mail：gmcbs@gmw.cn　jiaoch@gmw.cn
法律顾问：北京德恒律师事务所龚柳方律师

印　　刷：河北鹏润印刷有限公司
装　　订：河北鹏润印刷有限公司

本书如有破损、缺页、装订错误，请与本社联系调换

开　　本：170mm×240mm	
字　　数：166千字	印　张：11.25
版　　次：2015年8月第1版	印　次：2019年10月第2次印刷
书　　号：ISBN 978-7-5112-7717-6	

定　　价：28.80元

版权所有　翻印必究

目录

第1篇 仁者，爱人

伏羲教人打鱼 ………………………………………… 2
神农氏尝百草 ………………………………………… 6
神农架的由来 ………………………………………… 8
神农与谷种 …………………………………………… 11
观音化身救海难 ……………………………………… 14
仓官送米 ……………………………………………… 17
刘备解旱 ……………………………………………… 20
宋御史为民呈奏章 …………………………………… 23
丘浚为民请命 ………………………………………… 26
丁日昌赠银济乡亲 …………………………………… 29
"祝菩萨"怜死济生 …………………………………… 31
关汉卿怒写《窦娥冤》 ……………………………… 35
程婴救孤 ……………………………………………… 38
名医偷银洋 …………………………………………… 44
芹圃先生的医德 ……………………………………… 47

第2篇 善人者，人亦善之

结草报恩 ……………………………………………… 52
小燕报恩 ……………………………………………… 56
知恩图报的蚂蚁（蒙古族） ………………………… 60
老虎报恩（藏族） …………………………………… 63
砍柴人（蒙古族） …………………………………… 66
青龙报恩 ……………………………………………… 73
义狼案 ………………………………………………… 76

好心的小徒弟…………………………………………79
好心的姆莎（回族）…………………………………84
国王和乞丐（藏族）…………………………………88
图小利大事不成………………………………………93

第❸篇　为善最乐，作恶难逃

害人终害己……………………………………………98
桦皮匣里的德都（赫哲族）…………………………101
顺女的故事（朝鲜族）………………………………106
王老大和王老二（苗族）……………………………109
两兄弟的故事…………………………………………112
害人之心不可有………………………………………115
神马……………………………………………………119
波者和他的儿子（哈尼族）…………………………123
最好的报答（蒙古族）………………………………128

第❹篇　割不断的亲，离不开的邻

美德……………………………………………………134
冤仇宜解………………………………………………136
远亲不如近邻…………………………………………139
张彭年还钱……………………………………………142
母爱（蒙古族）………………………………………145
爱儿诗…………………………………………………146
亲生子和养子（蒙古族）……………………………148
桑洛和娘洛（藏族）…………………………………152
牛娃和狗娃……………………………………………157
友谊胜过生命（柯尔克孜族）………………………160
瓜花水酒情义重………………………………………167
人情好吃水甜…………………………………………170

后　记…………………………………………………173

第①篇 仁者，爱人

伏羲教人打鱼

讲述者：李茂生 / 采录者：陈钧 / 采录时间：20 世纪 60 年代 / 采录地点：四川省中江县

伏羲兄妹造人以后，世间一天比一天热闹起来。可是，那时候人还不懂得种庄稼，一天到晚只知道打野物，吃就吃野物的肉，喝也就喝野物的血。野物打得少，就少吃一些；打不到，就只有饿肚皮。

伏羲看到这个光景，心里很难过。他想："要是老这样下去，岂不要饿死一些人吗？"他左思右想，想了三天三夜，都没有想出个可以解决儿孙们吃饭问题的办法来。

到了第四天，他来到河边一边转悠，一边想办法。走着走着，抬头看见一条又大又肥的鲤鱼，从水面上跳起来，蹦得很高。一会儿，又有一条鲤鱼跳起来，再隔一会儿，又是一条。这下引起了伏羲的注意。他想："这些鲤鱼又大又肥，弄来吃不是很好吗？"他打定主意，就下河去抓鱼。没费多大工夫，就捉到一条又肥又大的鲤鱼。伏羲高兴得很，把鲤鱼拿回家去了。

伏羲的儿孙们看见伏羲捉来了鱼，都欢欢喜喜地跑来问长问短。伏羲把鱼撕给他们吃，大家都觉得味道不错。伏羲对他们说："既然鱼好吃，以后我们就动手捉鱼，好帮补帮补生活。"儿孙们当然赞成，当下都跑到河里去捉鱼。捉了一个下午，差不多每人都捉到了一条，有的还捉了三四条。大家都高兴得不得了，把鱼拿回去，美美地吃了一顿。伏羲又让人给住在别的地方的儿孙们送信，让他们都来捉鱼吃。这样，没到三天，伏羲的儿孙们都学会捉鱼了。

偏偏好事多磨。第三天，龙王忽然带了乌龟丞相跑来干涉，他恶声恶气地对伏羲说:"谁让你来捉鱼的?你们这么多人,要把我的龙子龙孙都捉完吗?赶紧给我住手!"

伏羲没被龙王的话吓倒,他问龙王:"你不准我们捉鱼,那我们吃什么?"

龙王气冲冲地说:"你们吃什么我不管,我就是不准你们捉鱼。"

伏羲微笑着说:"好,我们不捉鱼,以后没有吃的,我们就来喝水,把水喝干。"

龙王是个欺软怕硬的家伙,听伏羲这么一说,心里果然害怕。他怕伏羲和他的儿孙们真来把水喝干了,自己的命就难保了。想让他们捉吧,又实在没面子。正在进退两难,乌龟丞相凑到龙王耳朵边上,悄悄向龙王说:"你看这些人都是用手捉鱼,你就和他们定个规矩:只要他们不喝干河水,就让他们捉去,但是不许用手捉,他们就捉不到鱼了。这下既保下了龙子龙孙,又保住了龙君您的性命,让他们看着河水干瞪眼,该多好呢!"

龙王一听这话,高兴得哈哈大笑,转过脸来对伏羲说:"只要你们不把水喝干,你们要捉鱼就捉吧!可是得遵守这么个规矩,就是不能用手捉。你们若是答应,就算是说定了,以后双方都不准反悔!"

伏羲想了想,说:"好吧。"

龙王以为伏羲上了当,便带着乌龟丞相高高兴兴地回去了,伏羲也带着儿孙们回去了。

伏羲回去以后,就一直想不用手捉鱼的办法。想了一整夜,第二天又想了一上午,还是没有想出办法来。到了下午,他躺在树荫底下,望着天思考。这时候,他看见两根树枝中间有个蜘蛛在结网,左一道线,右一道线,一会儿就把个圆圆的网子结好了。蜘蛛把网结好,就到角落里躲了起来。过了一会儿,那些远远飞来的蚊子、苍蝇都被网子网着了。蜘蛛这才不慌不忙地从角落里爬出来饱餐一顿。

伏羲看见蜘蛛结网,心里突然开了窍。他跑到山上找了一些葛藤,像蜘蛛结网那样,把它们编成一张粗糙的网,然后又砍了两根木棍做成个十字架绑到网上,又拿了一根长棍绑到十字架的中间,网就做好了。他把网拿到河边往河里一放,手握长棍在岸边静静地等候着。隔了一会儿,把网往上一拉,哎哟,网里净是些活蹦乱跳的鱼。这个办法真是好极了,比起用手捉鱼,不但捉得更多了,人还不用下水。

伏羲就把结网的方法教给他的儿孙们。从此以后,他的儿孙就都知道用网来打鱼了,不再缺吃的了。一直到现在,人们还是用网来打鱼。

龙王看见伏羲用网来打鱼,气得干着急,因为他们并没有用手捉鱼呀!龙王如果反悔,不但出尔反尔,还怕惹恼了伏羲和他的儿孙们,真来把水给喝干了。龙王坐在龙宫里急呀急的,把一对眼睛急得都鼓出来了。所以后来人们画的龙王像,眼睛都是鼓起来的。那个不知趣的乌龟,看到龙王急成那样,还想替龙王出主意。哪晓得它刚刚爬到龙王肩膀上,嘴巴凑到龙王耳朵边,一句话还没说出来,就被龙王一巴掌打到面前案上的墨盘里。乌龟在墨盘里翻了两翻，染了一身墨汁。现在乌龟身上乌漆漆的，就是那回被龙王打到墨盘里染的。

故事小火花

伏羲看着大家挨饿，心里难过，想到了捉鱼的方法，但霸道的龙王不许伏羲和他的儿孙们用手捉鱼。可这难不倒伏羲，他看到蜘蛛结网，就用编网的方式来捕鱼，反而能捕到更多的鱼了，所以龙王气得眼睛都鼓出来了。

知道中国，多一点

伏羲：伏羲、炎帝、黄帝等，都是中华民族传说中的始祖，在"三皇五帝"中，伏羲被尊为"三皇之首""百王之先"。传说伏羲创造了文字，代替了在绳子上打结记事，还模仿自然界中的蜘蛛结网来编成网，教会了人们打鱼的方法。

日积月累

仁者，爱人。——《孟子》

神农氏尝百草

讲述者：姚家寅（68岁）/ 采录者：姚天葆 / 采录时间：1945 年 / 采录地点：黑龙江省密山县

相传刚有人类的时候，人类还不知道用药。有了病只能靠自愈，不能自愈的，就只有等死。

神农被推举为部落长以后，他看到人们生病受折磨，还有因病而死的，很觉痛心。为了给人们治病，他就决心尝百草，找出能治病的草根。

神农挖掘采集来各种草根子，挨个尝尝。他肚子好像透明的，能看见自己的五脏六腑。他把草根子吃下去，低头看着肚子里吃的东西，在五脏里起着什么变化，也就知道了这个草根子能治什么病。比如说，人上了火，大便不通，引起了嗓子疼，眼睛也干巴。吃下去一种或几种草根子，大便通了，火也下去了，嗓子也不疼了，病也好了，神农就把这个草根子记下来，画上记号，它就是去火的药。

这样说起来很简单，但要实地做起来，可相当麻烦了。有几次，神农吃了有毒的草根，差一点儿没被毒死，全靠他头上长的两只犄角，只要把犄角往土里一插，毒就解了。有一天，他挖了很多草根子，挨个尝来尝去，尝到一种叫

狼毒的草根子，觉得不好受，呕吐、恶心，身上没劲。他急忙把犄角插进土里，犄角一沾土，身上的毒气就消了。

神农有了这一对犄角，可以保住不死，他就放心大胆地做试验。他又把试验的结果讲给大家，让大家都知道这种草根有什么用处；又把他画的记号都教给大家，让大家记住。并把挖来的草根子存放起来，准备治病使用。

这位老神农氏，为了给人们解除病痛，不辞千辛万苦，扛着一个木叉子，拿着一个筐子，背着一捆画有很多记号和图形的树皮，走遍了高山峻岭，踏遍了江河湖海，寻找草根，挖掘草根。饿了吃些草根树皮，渴了喝几口小溪的水，用风来梳头，用雨来洗脸。

有一天，他捆了一捆草根子，坐在石砬子上的一块平板石上，一棵一棵试尝。吃到一棵大叶子的带尖的根子，这种根子，毒性最大。神农老人咽下去，眼看着进入胃里，又进入了小肠，当时就觉得心里难受，嘴里干渴，胳膊腿都不灵活，想呕吐但吐不出来。他知道是吃草根子中毒了，急忙把犄角往地里拱，但没插进去，原来他坐在一块石板上，犄角没插到地里，没沾着土。他就想往石砬子下边跑，但手脚已不能动弹，下不去大石板了。可怜这位给人类解除疾病痛苦的老人，就在这块石板上，闭上眼睛死去了。

他死了之后，轩辕黄帝当了部落首领。把他记录下来的记号，整理出来，刻在龟甲、牛骨上，流传下来。

神农架的由来

讲述者：方昌福（56岁）/ 采录者：胡崇峻、欧阳学忠 / 采录时间：1964 年 / 采录地点：湖北省神农架林区

上古时候，黎民百姓靠打猎过日子，天上的飞禽越打越少，地上的走兽越打越稀，又不会种庄稼，就只好饿肚子。加上生疮害病，无医无药，瘟疫横行。病死、饿死的人，数都数不清。

黎民百姓的疾苦，神农瞧在眼里，疼在心头。怎样才能使百姓有食物充饥？怎样才能给百姓治病？神农日夜都在想办法，他终于想出了一个主意，只有自己亲自尝百草，找五谷。

一天，他带领一批臣民，向西北走，因为那里有高山，有森林，有药草。他们走啊走啊，不分日夜，整整走了七七四十九天，来到了另一个天地，只见高山一峰接一峰，峡谷一条连一条，山上花草遍地，古树参天，云遮雾障。

神农他们迷失了方向，这时，突然从峡谷蹿出来一群狼虫虎豹。神农马上挥动神鞭，把野兽赶跑。那些虎豹蟒蛇身上都被神鞭抽出一条条、一块块的伤痕，后来变成了兽皮上的斑纹。

到达之后，他们看到大山半截插在云彩里头，四面是刀切般的陡崖，难以攀登。远远地看到，崖头上百花盛开，可是没有登天的梯子是上不去的。神农对着高崖，上望望，下看看，忽然看见几只猴子顺着高悬的枯藤和横倒在崖腰的朽木爬过来。神农灵机一动，说："有了！"他当下和大家一起砍木杆，割藤条，绑横档，靠着山崖搭成架子。搭了一层又一层，从春搭到夏，从秋搭到冬，不管刮风下雨，还是飞雪结冰，从来没停工。整整搭了一年，搭了三百六十层，才搭到

山顶，后来这个地方取名为"上天梯"。

神农带着臣民，攀登木架，上到山顶。哎呀！山上真是花草的世界，五颜六色，一簇一簇，每朵花都长得稀奇好看，这下神农可乐坏啦！他亲自采摘花草，一样一样地放到嘴里品尝，哪样能治什么病，他细细揣摸着。为了尝遍百草，把药草的性能识别出来，白天，他领着大家到山上尝百草，晚上，就着火光在竹片上记下药性。他尝药很仔细，叶子、秆子、花朵、根须、果实，都一一品尝，有的好吃，可以充饥，有的又辣、又涩、又麻，可以治病。他被毒过好几次，才逐渐懂得了各种毒药的用法和解法。

他走完一座山，又攀一座山，还是用葛藤、木杆搭架的办法攀登。他踏遍了山岭沟岔，终于从杂草里尝出了稻、粱、粟、麦、豆五谷，教给百姓耕种；尝出了三百六十五种草药，医治黎民的病痛。

神农在大山里辛苦几十年，到处都有神农搭的架子。后代人为了纪念他的功德，就把这儿取名叫"神农架"。

故事小火花

神农身为部落长,爱民如子,一片仁心,看到百姓因为无药可医,饱受疾病折磨,自己深感痛心。为了找到治病的药,神农亲尝百草,逐个实验。神农不辞辛苦,风餐露宿,他的仁爱和功德,永远被人们铭记在心。

知道中国,多一点

(1) 神农:我国上古传说中的人物,又被称为炎帝,"炎黄子孙"中的"炎",正是指炎帝神农。神农教人们种植谷物,学会耕种,他遍尝百草,率领先民战胜了饥荒和疾病,至今仍然受到大家的敬重。

(2) 记录文字:人类社会出现文字以后,就需要用文字记事,以保存和交流。如今我们都在纸张上或是用电脑书写,可是在纸张发明之前,用于记载文字的材料还有很多,例如龟壳、青铜器、兽皮、树叶、树皮、丝帛、竹简,等等。

日积月累

博爱之谓仁。——(唐)韩愈

附 记

神农架林区位于湖北省西部边界,为大巴山东段,素有"华中屋脊"之称,为国家级自然保护区。传说炎帝神农曾在这里尝百草兴医药,为民造福。

神农与谷种

讲述者：谭松姑（40岁）/ 采录者：刘耘华、蒋红生 / 采录时间：1987年 / 采录地点：湖南省茶陵县

远古时期，人们吃的是兽肉、树皮、草根、野果，饥一餐，饱一餐，生活格外困难。

神农听说天上有一种草，结的籽很好吃，决心到天上去要一点回来做种子。一个族人问："你怎样上天呀？"神农摇摇头，发了愁。另一个族人说："听说离这里八百里的地方，有个白胡子仙人，他一定有办法。"

神农一听，马上动身去找白胡子仙人。一路上翻过九十九座大山，游过九十九条河，走过九十九座桥，又爬上一座齐天高的大山，找到了那个白胡子仙人。白胡子仙人说："你的来意我已知道了，这是一件神衣，你拿去吧！"

神农太性急了，赶紧披上神衣，呼地飞上天空。不一会儿飞到天门，他把来意告诉了把门官，请求放他进去。把门官不肯放他进天门，却送给他一捧金灿灿的谷种。

神农回到人间，连忙把种子播下去。十天过去了，半个月过去了，还不见青苗长出来。神农不明白是什么原因，又赶到仙山，求教白胡子仙人。仙人说："你上当啦，这种子他们蒸煮过，不能发芽的。真正的谷种在天坪里，由好多天兵天将把守。"神农说："我一定要拿回能发芽的谷种。"仙人说："你不要太性急了，我给你这颗宝珠，有了它，你就可以随意变化。"

神农又一次飞上天，飞到天坪外。这是一片很宽很宽的晒坪，晒满了金灿灿的谷种。他摇身一变，变成一条天犬，溜到坪里，就地一滚，遍身沾满了谷种。这时，天将发现了他，大喝一声："哪里逃？"天犬掉头就跑，一直逃到八百里宽的银河边。天将也追了上来，天犬急忙跳进水里。唉，浑身的谷种都随水漂走了，只剩下尾巴上那些。

谷种偷回来后，从此，人间才种上水稻。不过，只有稻穗上那一串儿，因为天犬身上的谷种被水冲掉了。

故事小火花

神农不但亲尝百草，使百姓有药可治，还找来谷种，使百姓有了充足的食物。神农做了伟大的事情，是个了不起的首领。

知道中国，多一点

水稻：人类早期并不会耕种土地、蓄养动物，只能打猎和采集，在大自然中获取食物，靠天生活。传说中，是神农带领臣民学会采集利用种子，开始耕作，农业文明才逐渐形成了。事实上，这是我国的劳动人民在漫长的历史中总结出来的。至今，中国仍然是水稻生产大国，也是稻米消费大国。

日积月累

心要慈悲，事要方便。——谚语

观音化身救海难

讲述者：王文焕（80岁）/ 采录者：海戈 / 采录时间：1988年 / 采录地点：天津市河东区

天津卫地处九河下梢，自从刘伯温建起北京城后，天南海北的货物进北京，必经天津水路。过去，不少天津的大财主是养船的，专门倒腾大宗买卖。一趟海路跑回来，赚的钱数不清，一面袋一面袋地往家扛。

那时，养船的财主家即使不供祖宗牌位，也得供海神娘娘。因为在当地，流传着海神娘娘显灵的传说。

有一年，有两条大船满装着货物出天津奔威海卫。到了大海上，凭空起了恶天气，天黑得像锅底，掀起的浪头足有两层楼高。船上的人们都吓傻了，不知惹恼了哪路神灵，想烧香，点不着火，想磕头，身子站不稳，只好把船上带的供品都扔进了海里，风浪不但没减弱，反倒劈头盖脸砸得人们缓不过一口气。大家要么抱着船桅，要么扒着船橹，老舵手索性把自己绑在舵把上，反正是闭眼撒手——听天由命吧。

等到风平浪静，天也到了后半夜。命是保住了，再看船，桅杆折了，帆也烂了，橹也断了，四处都是阴雾沉沉，用罗盘打了半天，也闹不清个东南西北，谁也说不清到了什么地方。

人们正发愁，有个眼尖的忽然看见海面上忽悠忽悠有盏小红灯。他一招呼，人们都看清了，有灯就有人，有人就能活命。一股心气拱着，人们拼命划着大船朝小红灯追。

不知追出多远，船竟靠上了陆地。上岸才看清，小红灯是一间孤零零草房里的光。上前一敲门，应声出来个四十多岁的大嫂，光着两只脚，一看就是渔民。

大嫂一见是遇难的船工，二话没说，动手就烧火煮粥，又出屋折回一把鲜嫩碧绿的柳树枝儿放进锅里熬。说来真怪，那粥喝到嘴里有股独特的清香，船工们只觉伤也不疼了，身子也不累了，全都舒舒坦坦睡着了。

这一觉也不知道睡到了什么时候，睁眼一看，青天白日，万里无云。哪有什么草房锅台，身边只有座二尺多高东倒西歪的小庙，连神像都没有了。庙前有眼淡水井，井口都快被草封死了，怕是一百年也没人用过了，井边有棵几个人都搂不过来的大柳树。这是个方圆不过百步的小岛，四面临水，岛上平平坦坦，遍地长着绿油油的青草。

人们明白了，这是遇见了观音菩萨。老舵手啪地一拍脑门，大声说："瞧我这记性，我正睡得迷糊，恍惚看见有个小孩骑头梅花鹿来找大嫂。人家还告诉我，顺水顺风，一直朝东……"

他们收拾了船，调好了罗盘，果然，一路顺风，大半天就顺顺当当回到了天津卫。

从那以后，天津除了娘娘宫里凤冠霞帔的天后娘娘，养船人家还依这些船工所见，塑出了光脚露臂挽着袖口慈眉善目的"海神娘娘"，旁边，一个童子骑着梅花鹿冲她笑，像是逗着大家玩儿呢。

故事小火花

仁慈的海神娘娘在狂风恶浪中指引渔船顺利靠岸，为他们熬制治疗伤痛的粥，让他们得以歇息，平平安安地回到天津卫。所以人们为了感谢海神娘娘，就为她塑像，并祈福祭拜。

知道中国，多一点

海神娘娘：古时候，渔民们经常出海打鱼。海上风高浪险，气候不定，渔民们的生命往往悬于一线。因此，人们会拜神灵，例如"海神娘娘""妈祖"等，希望通过虔诚的祭拜，神灵能保佑渔民打鱼顺利，平安归来。在我国的沿海地区，建有很多供奉"海神娘娘""妈祖"的庙宇。

日积月累

点塔七层，勿如暗处一灯。——谚语

仓官送米

讲述者：赵富身（61岁）/ 采录者：单纪兰 / 采录时间：1988年 / 采录地点：河北省高邑县

明朝嘉靖年间，高邑一带连遭了几年旱。每年从春到秋，老天爷总不下雨，河也枯了，井也干了，地里的庄稼苗大部分都旱死了。

赵南星的父母也是穷人家，逢上这样的年景，日子更困难了，常常是吃了上顿没有下顿。赵南星的娘偏偏这时候怀孕了，家里一把米、半把面都没有。他爹望着他娘越来越笨的身子，愁得一天到晚皱着眉头。

这一天是个集日，粮食市正好就在赵南星的家门口。他爹找邻居借了几个钱，想籴点粮食让媳妇坐月子吃。大旱年景，粮食价高得吓死人。他手里捏着几个铜钱，连半斤米也买不到。狠狠心买了吧，可粮贩子嫌数小，谁也不开秤。没办法，他只好垂头丧气地回了家。

天快黑的时候，有个白胡子老头来到他家。那老头推着一辆独轮车，一边放着一布袋米，进门就问："家里有人没？"

赵南星的爹娘正在屋里发愁，听见院里有人说话，赶忙走出来。老头儿慈眉善目的，对小两口说："我是赶集粜米的，这两布袋没粜了，我年纪大了，不方便往回推，就放在你家吧。"说完，把布袋扛进屋里，推着空车子走了。

那老头刚走，赵南星的娘就肚子难受起来，他爹知道这是快要生了。可媳妇还饿着肚子哩，要有个好歹怎么办？他看着那两布袋小米，心想，管他哩，救人要紧，先借这米吃吧，吃多少想法还他多少，反正不能守着小米饿死人。想到这儿，拿了一只碗去布袋里挖米，一挖挖出了一张纸条。赵南星他爹小时候上过学,拿起来一看,上面写着几个小字:吃了小米,保生贵子。

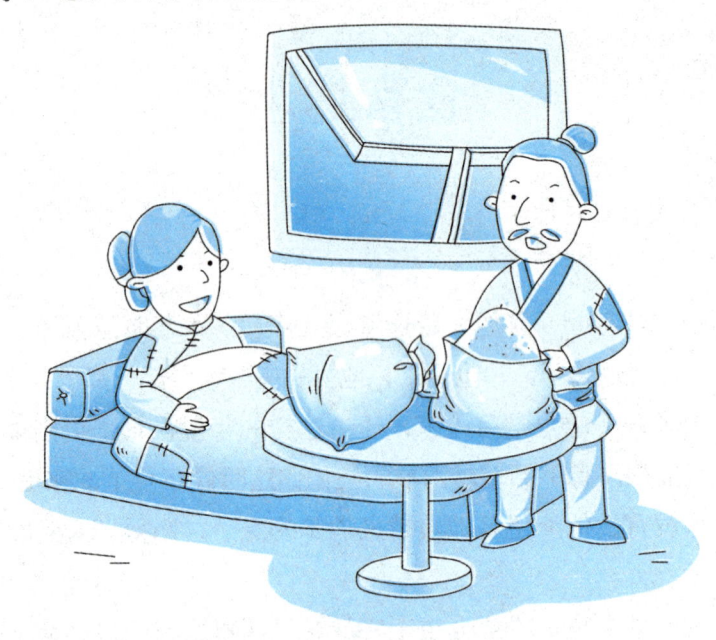

这下子,赵南星他爹高兴了,赶快挖了两碗,给媳妇熬了半锅稠米饭。

就这样,他俩每天挖米吃,一直把两布袋米吃完了,白胡子老头也没再露面。

后来人们都说,那个白胡子老头就是"仓官儿"。因为赵南星是个大命人,天上的神仙让仓官儿专门给他家送来了两布袋米。

故事小火花

赵南星家里拮据,母亲要生产的时候还没有一点吃的,幸亏天上好心的仓官送来小米,让赵南星家母子平安。

知道中国，多一点

仓官： 专门管理仓库的人。传说古时候有一年大旱，一位仓官为了救济百姓，毅然违抗皇上的命令，开仓放粮。为了纪念这位好心的仓官，如今仍然有地区在过添仓节（或填仓节），在节日期间有各种民俗活动，例如蒸面食、祭奠仓官等，以此来祈祷来年能够风调雨顺、五谷丰登、粮食满仓。

日积月累

救人一命，胜造七级浮屠。——谚语

附 记

赵南星：明政治家、文学家。字梦白，号侪鹤，别号清都散客，高邑（今河北高邑县）人。万历进士，所做散曲淋漓酣畅，小曲也有成就。著有《赵忠毅集》《味檗文集》《芳茹园乐府》《史韵》《学庸正说》等。

刘备解旱

讲述者：王国祺（57岁）/ 采录者：尹质彬 / 采录时间：1981年 / 采录地点：湖南省沅江市

某年三伏天，沅江一带好久没有下雨，田土干裂，庄稼枯黄。男女老少头长疤疖，身长毒疮，像遭了一场瘟疫一般。

当时，刘备正在荆州一带招兵买马，扩大势力。他在巡视武陵途中，路宿沅江，听到当地百姓的诉说后，立即叫兵丁去寻找草药，为百姓解毒治病。他还召集随身将领，商讨为民解忧的办法，可是议来议去，并未想出什么良策来。

那天晚上，月明星稀。刘备在军帐里坐立不安，就穿着便装，带一名随从去访问民情，寻求救灾办法。他巡访数人，都说只有下场透雨，方可消除此灾。可是，天气晴朗，哪有雨下呢？刘备转到一个水塘边，遇见一位白胡须公公，手持拐杖，肩挑一担水，哼哼唧唧地走来。刘备问道："请问老公公，这么晚了，你到何处挑水？"老公公放下水桶，慢吞吞地说道："咳！此地方圆都是塘干见底，哪里还有水啊？只有这口池塘，等到夜深人静，用瓢才能舀下半担水。"刘备见公公年老体弱，身长毒疮，汗流浃背，十分怜悯他，连忙问道："老公公家居何处？等下我派人帮你送水来。"老公公答道："你们送一担十担，也不是长远之计。"刘备问道："老公公，当今天旱，瘟疫成灾，不知你有何办法？"老公公答道："依老朽看来，这次干旱只怪在修这口池塘时，打了三根桃木桩，恰好钉在了洞庭龙王的头顶上。龙王经常头痛，所以今年大发雷霆，降下九九八十一天的干旱之灾，今日才七七四十九天呀！"刘备听了大惊："这如何是好？请老公公指点。"老公公闭目一会儿，说："这也不难，只要有一位贤主，去挖掉桃木桩，就会下场喜雨，自然就可消除黎民百姓的灾难了。"说完，霎时不见踪影。

为了解除百姓的疾苦，刘备当夜便带领数人去挖桃木桩。只一阵工夫，果然挖出三根桩来。他们刚刚回营，忽见天上乌云滚滚，雷声隆隆，狂风呼啸，倾盆大雨遮天盖地而来，一夜工夫田土湿透，大小池塘装满了雨水。

过了几天，庄稼转青，黎民百姓服了解毒草药，加上天气转凉，很快恢复了健康。后来，沅江的百姓称刘备为贤良君主，在他住过的地方修了一座城池，命名为昭烈古城，还把老公公挑水的那口池塘叫作古城塘。

故事小火花

刘备为了解除大家的苦难，挖出了桃木桩，带来了大雨，结束了旱情。由于刘备怜悯百姓，心仁德厚，所以被称为贤良君主。

知道中国，多一点

刘备：我国著名的历史人物，三国时期蜀汉的开国皇帝，在四川建立了蜀汉政权，如今四川成都的武侯祠里有刘备的塑像。刘备还有许多流传后世的故事，例如桃园三结义——刘备、关羽、张飞，在一个桃花盛开的院子里结拜为兄弟，出生入死，同甘共苦。再如为了请诸葛亮出来治理国家，刘备亲自来诸葛亮家三次，感动了神机妙算的诸葛亮，也为后世留下了三顾茅庐的佳话。

日积月累

心地善良，强似烧香千炷。——谚语

宋御史为民呈奏章

讲述者：宋熊飞（50岁）/ 采录者：宋新根 / 采录时间：1985年 / 采录地点：上海市

奉贤二桥有一座四角亭，亭里有一只石乌龟，乌龟背上有一块《奉宪复折碑纪》石碑，这块碑记载了一位好官爱护百姓的事迹。

以前，奉贤二桥东面新寺镇有一位明朝嘉靖年间的进士，名叫宋贤。宋贤起先在新昌做知县，后来因为政绩出色，爱护百姓，名声非常好，被提升为监察御史。

有一次，宋御史回奉贤探亲，一进村看见许多百姓愁容满面，唉声叹气，有的妇女还伤心得哭了。宋御史吃了一惊，不知道乡里出了什么事情。他把几位乡亲聚在一起问："乡亲们啊，出了什么事情了？"大家看见宋御史回乡，像看见亲人一样，一五一十诉说出来。

原来，此地二桥河东是靠近海边的荒滩地，泥土都是盐碱土，田里收成十年九不得，但每年漕粮同熟田一样征收，地租也同熟田一样收，老百姓实在出不了。

宋御史万万没想到，坏田同好田一样征收漕粮、一样收租，这不公平呀！他说："你们应该申报上司，请求减少漕粮和地租。"

乡亲们说："早就申报过，可是不批准，我们活命难啊！"

宋御史对乡亲们说："你们不要着急，我来想办法帮助你们。"

宋御史回到家里一声不响地踱来踱去，饭不吃，觉不睡，独自一杯一杯地喝茶。后来突然灵光一闪，走到书桌边提起笔来写了一张关于对收成不好的田征收漕粮应该打折的奏章，差人送到朝廷。

皇帝看了宋御史的奏章，才知道征收漕粮还有这样的问题，马上派巡抚周文襄到奉贤来实地调查。打算弄清楚情况以后再做决定。

不久,周文襄来了。宋御史同百姓一道到城外迎接,宋御史还摆了酒席招待。第二天早上,宋御史陪着周文襄在盐碱地里兜了一圈,看看庄稼。回来时宋御史对周文襄说:"你看见河东那些田里的庄稼了吧。主要是二桥河东田里的泥土轻,所以庄稼长不好,每年没多少,不像二桥河西田里泥土重,庄稼年年大丰收。现在漕粮河东河西一样征收,实在不公平呀。"

周文襄觉得有点奇怪:"田里的泥土有轻有重?有这事?"

宋御史说:"你不相信,可以称一称。"

宋御史马上叫老百姓在河东挖了一斗土,用秤一称,把斤两记下来。又到河西挖了一斗土,用秤一称,把斤两也记下来。然后一比,嗨,斤两完全两样,河东的土比河西的土轻了不少。周文襄是亲眼所见,当然相信是真的,嘴里连声说:"果然土轻,我回去向圣上奏明。"

周文襄回到朝廷,如实回禀皇帝。皇帝当即下了圣旨,同意打折征收漕粮,还实行减租。河东老百姓个个开心,为了感谢宋御史,特地

造了一座亭子,将皇帝的圣旨刻在石碑上,让世世代代的河东子孙牢记宋御史的恩德。

那么不同地方的泥土真的有轻有重吗?其实这是宋御史挖空心思想出来的一个办法。原来,宋御史得悉周文襄要到奉贤来调查,他想了这个办法,叫乡亲们都去拾牛粪,摊在场上晒干之后掺到泥土里拌和,然后撒在河东的田地上,称的时候,这些土怎么会不轻呢?

故事小火花

宋御史急百姓之所急,用自己的巧办法,帮助老百姓减免了赋税,实在是个爱护百姓、为民做主的好官。

知道中国,多一点

御史:一种官衔,古时候称呼人会用官衔,与今天的"李主任""张局长"等称呼类似。御史这个官职历史悠久,主要职责是监察,防止公家侵犯了老百姓的利益,或者防止贪官污吏的出现。明朝的时候,有一百多位监察御史。

日积月累

好住场不如好心肠,好坟地不如好心地。——谚语

丘浚为民请命

讲述者：吴季泽（60岁）/ 采录者：符文男 / 采录时间：1986年 / 采录地点：海南省琼山县

传说丘浚在朝廷当官时，有一年清明节，丘浚回海南老家祭祖扫坟。他看到海南灾情严重，百姓生活困苦，而皇粮国税仍然多如牛毛，为了减轻海南百姓的负担，为民请命，他特意从老家挖了一捆野芋，带回京城。

丘浚先设宴，请皇后尝一尝海南风味。他把一碗煮熟的野芋呈给皇后。皇后吃了一口，顿觉呛喉刺舌，难以下咽，便问丘浚："这是什么东西？味道很不好，怎么海南人还拿它当菜吃？"丘浚回答："这是野芋，因为眼下海南大灾荒，百姓为了活命，不得不用它来充饥。"丘浚顺水推舟，请求皇后体察民情，开恩拯救海南百姓。皇后听罢很感动，答应找皇帝说情，减收海南的皇粮国税。

然而，当皇后把海南百姓的苦楚禀告给皇帝时，皇帝却当耳边风。丘浚见没有下文，只好另想办法，进宫请皇帝下象棋。丘浚棋艺比皇帝高，举棋步步进攻。他不断"将"皇帝的"军"，"将"一"军"时，有意念出："将一军，海南皇粮国税减三分！"由于多次"将军"，多次念出这句顺口溜，皇帝听顺了耳。丘浚看时机已到，便有意下错棋步，让皇帝有"将"自己一"军"的机会。皇帝不知是计，在举棋"将军"时，也兴致勃勃地学丘浚的语调，开口念了："将一军，海南皇粮国税减三分。"丘浚听见皇帝开了口，连忙离座跪拜在皇帝面前，高声呼喊："谢主隆恩！"皇帝见状莫名其妙，忙问丘浚："卿为何拜谢寡人隆恩？"丘浚解释说："刚才，皇上恩准海南皇粮国税减三分。臣当替海南百姓高兴，感谢我主万岁！"常言道，皇帝的话就是圣旨，皇帝自知话已出口，也不好收回成命，为顾及龙颜天威，只得下旨减收海南的皇粮国税。丘浚的足智多谋，使海南百姓减轻了负担，度过了灾荒的日子。

故事小火花

丘浚不但体察民情，而且非常机智。在皇后劝说皇上无效之后，用和皇上下棋的方法，为百姓减除了赋税，使百姓度过了灾荒。

知道中国，多一点

丘浚：本为"丘濬"，明朝人，聪明好学，学识渊博，研究的领域包括政治、经济、文学、医学等，被誉为海南四大才子之一，很受后人尊重，与海瑞合称"海南双璧"。至今海南仍然有古朴典雅的丘浚墓,是全国重点文物保护单位,前来的游人络绎不绝。

日积月累

爱人者,人恒爱之;敬人者,人恒敬之。——《孟子·离娄下》

附　记

亦有人采录相同的故事情节,只是附会为海瑞的传说。

丁日昌赠银济乡亲

讲述者：魏汉强（62岁）/ 采录者：李宗英 / 采录时间：不详 / 采录地点：广东省五华县

清朝，丰顺县出过一个大官，名叫丁日昌，他为人正直，做官清廉，只有藏书数间。当他告老还乡时，所领俸禄本可厚养晚年，但一则家庭不够富裕，二则儿媳不太孝敬，生活堪忧。

一天，丁日昌见摆到桌上的又是天天吃的番薯，便对儿媳妇说："怎么又没有米饭呢？"儿媳妇回答："没有钱！"丁日昌说："那我的俸禄呢？"儿媳妇说："你的俸禄你的儿子孙子不用吃了？"丁日昌怒在心中，便不声不响，拿起钓竿到河边钓鱼去了。一会儿，他拿着两条鱼回来，对着儿媳妇说："这是我悬钓自得，再不要拿给他人吃掉！"儿媳妇不高兴地说："谁稀罕这两条小鱼？"

后来，丁日昌天天头戴破笠子，身披蓑衣，脚穿一双棕屐，到河边钓鱼。告老返乡后的丁日昌有如乞丐，过着如此凄苦的晚年生活，消息传到朝廷，皇帝便下令潮州刺史，派人查访，如实上奏后，拨出大批白银用船载送其家。丁日昌的儿媳见状大喜，以为这回有大屋住，有大福享了！

可是丁日昌收到这批银两，不待送钱人离开，就召集四邻六乡的乡亲聚集门前，把白花花的银子，一个个一块块分发精光。他的儿媳眼看到手的一大笔钱财被公公分送给了别人，十分痛心。不禁责问公公，为何要这样做？丁日昌说："这钱是老百姓的，应发给老百姓！"儿媳妇说："那你以后吃什么，用什么？"丁日昌说："我有俸禄，我享本分！"儿媳妇瞠目结舌，无话可答。

故事小火花

丁日昌为官清廉，虽然自己晚年生活艰辛，得了赏银后依然分给老百姓。儿媳不孝，平常给公公克衣少食，分了赏银后以为可以占点便宜，结果是一场空欢喜。

知道中国，多一点

俸禄：古代朝廷给予官员的报酬，相当于今天的"薪水"或"工资"。俸禄的形式包括土地、实物和钱币等，不同级别的官员领取数量不同的俸禄。官员在享受俸禄的同时，必须要履行相应的职责，否则俸禄就会被相应地扣除，算作惩罚。

日积月累

天理良心，到处可行。——谚语

"祝菩萨"怜死济生

讲述者：王良臣（85岁）/ 采录者：王腾芳 / 采录时间：1951年 / 采录地点：陕西省安康市

祝凯在中牟县任县令时，断案如神，既不媚贵，更不压贫。三年任满，便升为邓州知州。

邓州虽说比中牟县大点，但也是个穷苦地方，尤其是年年遭灾，百姓缺吃少穿。祝凯上任以后，勤于政事，关心民间疾苦，兴修水利，奖励农桑。刚到任，就开仓赈济，给百姓办了几件好事。因此，百姓都称颂他为"祝菩萨"。

一天，祝凯正要下乡察看灾情，只见路旁围了好多人。一个十一二岁的小女孩坐在地上，身穿重孝，头插草标。旁边一个妇人边抹泪，边向众人诉说什么。祝凯看了，觉得奇怪，忙命停轿，让跟班快去问个明白。

很快，跟班回到轿前禀报："回老爷的话，那个女孩家里死了人，没钱安葬，所以插草标卖身为婢……"没等讲完，祝凯忙命跟班快去把那妇人和女孩带到轿前问话。众人一见，便说："好了，祝菩萨来了，你们有救了。"妇人半信半疑，随跟班来到轿前向祝凯哭诉了一遍。

原来这妇人的丈夫是福建闽侯人，是个小康之家。她丈夫二十多岁进学，乡试中举，后来被分发到河南省城候缺。怎奈他为人愚直，不善吹拍，总得不到上司的赏识。一候十年，连个芝麻大的差事也没轮到头上。可他总不灰心，一直傻等，把一份家产吃光当尽，最后穷得连吃穿也难以为继，终日忧郁，连病带饿，一命呜呼了。人在异乡，无亲无友，只得将旧衣变卖，将就买了一副棺板，又有几个穷同僚勉强凑了几两银子，用来扶着灵柩回乡，不料才走到邓州，盘费已经用光。母女两人举目无亲，无依无靠，真是到了绝路。实在无法可想，只有忍心将女儿卖了，让她逃一条活命，自己把丈夫尸骨运回家乡再谋生路。

这妇人越说越伤心，女孩也扑到母亲怀里痛哭起来。周围的人听了，无不伤心落泪。祝凯也感到十分凄惨，心想，千里为官，落得如此下场，看来官场没有什么可恋的了。忙打轿回府，把这对母女带回衙里，并将她们的苦难讲与母亲听了。母亲一面安慰这对母女，一面对儿子说："孩儿，你可有什么方法为她们解忧？"祝凯说："孩儿想了，他们由河南到福建，千里迢迢，又加上一副灵柩，一路上要人抬运，这路费少了如何得行？孩儿的官俸微薄，一时还没有主意。不过让这女孩为此卖身，使她们母女分离，是万万要不得的。请娘放心，孩儿一定设法帮助她。"

祝凯回到书房坐下，心里闷闷不乐，想来算去，终于想出一个办法。他立刻坐到书案边，提笔写了一篇《路告》。他在《路告》中详细叙述了这对母女的身世和悲惨遭遇，希望沿路各州府县看了《路告》之后，发恻隐之心，随意捐助，帮她母女扶柩还乡。并请沿途捐助的各州府县在《路告》后面写出捐助数目，加盖官印，使她母女也好留个纪念。正文写完，又在后边签上"祝凯捐助俸银二十两整"，盖上

"邓州正堂"的朱红官印。

　　正在这时,母亲来了,他忙把自己写的《路告》交给母亲。母亲说:"这办法倒还不错。不过你这首倡人捐资只有二十两,太少了吧?"祝凯说:"儿的俸银有限,就是这二十两,还得向师爷那里支借下月的俸银呢!"母亲说:"这个娘知道。娘这几年来攒了三十两银子,我取来凑个五十两吧。"祝凯取笔将"二"字改为"五"字。写毕,便同母亲一起来到后堂,把这事说与那妇人,并把《路告》和五十两银子一并交给她。那母女俩泪流满面,跪在地上,对祝凯的母亲叩着头说:"你老人家真是我的再生母亲,这位大人也是我的大恩人呀!我母女今生如何报答得了!恳请老人家收我做个女儿吧!"母亲忙说:"这个使不得。你们有此危难,我们理当相帮。"妇女又哀求:"如此大恩,我母女今生料难相报,认作母亲,以表我不忘恩情之意,请老人家不要推辞了!"说着,便行起大礼来。母亲和祝凯只得受了。妇人又和祝凯以姐弟之礼拜了,又让女孩过来一一行了礼。因不便久留,母女即日扶柩回家乡去了。

　　这对母女沿途经过各州府县,都拿上《路告》到各衙门去求助。各州府县看过《路告》,无不感动,都乐于捐助。因路途遥远,到了闽侯家中,光官印就盖了成百个,银子也收了许多。乡亲们知道了这事,都赞叹不绝,说她们母女真是遇到"菩萨"了。

故事小火花

　　祝凯怜悯无依无靠的母女二人,写了《路告》,捐出银两,帮助母女扶灵回家。母亲深明大义,支持祝凯,他们二人都是"活菩萨"。

知道中国，多一点

插草标：古时候，要出售某个东西的时候，就在上面插草标表示要卖掉，包括日常生活用品，甚至是自家儿女。这个习俗在很多文学作品中都有提及，例如老舍的《茶馆》："乡妇拉着个十来岁的小妞进来，小妞的头上插着一根草标。"

日积月累

田要斫好，人要心好。——谚语

关汉卿怒写《窦娥冤》

讲述者：李天然 / 采录者：知人 / 采录时间：1988 年 / 采录地点：河北省安国市

　　关汉卿在大都的时候，一面行医看病，一面写戏本。他写的戏都是为老百姓打抱不平的，老百姓都爱看。

　　一天中午，关汉卿出诊回来，见大街上挤满了人，一问才知道是押送犯人。关汉卿也挤进人群看了起来。一会儿，过来一个骑着高头大马的监斩官，他边走边喊："闲人躲开，今天出斩犯人！"后面跟着两个刽子手，押着一个披头散发的年轻女子，背上插着一杆亡命旗，上边写着"杀人犯×××"几个大字。人们挤来看，还小声说着："这么年轻的小媳妇，能是杀人犯吗？"一个知情的人说："她是乡下人，丈夫死后，婆媳俩都被坏种张驴儿霸占了。她们死活不从，张驴儿就在她给婆婆做的面汤里下了毒。结果，张驴儿他爹嘴馋，喝了这碗面汤，中毒死了。张驴儿买通官府，说是这媳妇下毒毒死了他爹，贪赃枉法的县官把媳妇抓起来，只草草过了一堂，就判了她死刑。这媳妇可真是冤枉啊！"人们你一言，我一语地说："这世道太不公平了，哪里还有老百姓说理的地方啊！"

　　关汉卿听了人们的话，也气得不行，回到家里，他还想着街上的事。他对着苍天发誓："我要为这善良的女子喊冤！"

　　第二天，他打扮成生意人的模样，挑担到乡下卖菜，暗中打听年轻女子的冤情，越打听越觉得女子冤枉。回到家，他三天三夜没合眼，一口气写成了感天动地的《窦娥冤》戏本。

关汉卿的好朋友杨显之、名伶朱帘秀听说了,都来看他。朱帘秀说:"快把你写的新戏拿出来,让我开开眼!"关汉卿说:"我怕官府不让演,更怕没人敢演哪!"朱帘秀摇摇头说:"我的关大人,你写戏的不怕杀头,我们演戏的就怕死?你敢写《窦娥冤》,我就敢演《窦娥冤》。"关汉卿听了,心里可高兴了,当下拿出戏本叫他们看。杨显之看着看着站起来说:"你们听听:'地也,你不分好歹何为地;天也,你错勘贤愚枉做天!'痛快呀,骂得痛快!"

　　关汉卿说:"干咱们这行的,等于讨饭的,穷人的命根本不值钱,死有啥可怕!"大家决心为百姓说话,演好这出戏。

　　《窦娥冤》演出以后,大都的老百姓可解气了,都说关汉卿写得好,朱帘秀演得好。

故事小火花

关汉卿正气凛然，看到年轻的媳妇含冤被杀，心里气不过，写成了《窦娥冤》，为老百姓喊冤申诉，使老百姓觉得大快人心。

知道中国，多一点

窦娥冤：关汉卿是"元曲四大家"之首，《窦娥冤》是关汉卿的代表作，说明了当时社会的黑暗腐败，表达了窦娥的反抗精神。在剧中，窦娥为了证明自己蒙冤，对天立誓：被斩首的时候，血不流到地上，而是溅在三尺白练上，六月暑天满城飘雪，楚州地区大旱三年。这些誓言果然全部应验。三年后，窦娥终于被讨回了公道，恶人有了恶报。

日积月累

锄一恶，长十善。——《宋史·毕士安传》

附 记

关汉卿：元代戏曲家。所著杂剧现存有《窦娥冤》《救风尘》《拜月亭》《望江亭》等60余种，被称为"东方的莎士比亚"。

程婴救孤

讲述者：程长文（84岁）／采录者：王吉文／采录时间：1986年／采录地点：山西省翼城县

翼城县南梁镇有个程公村，传说是春秋时期晋国程婴的家乡。那时晋国有两个有名的大臣，一个叫赵盾，是忠臣，程婴就在他手下做事；一个叫屠岸贾，是奸臣。赵盾和屠岸贾是死对头。晋景公上台后，却重用屠岸贾，屠岸贾向晋景公说了赵盾的许多坏话，晋景公就下令将赵盾满门抄斩。杀了三百多口人，单单不见赵盾的儿媳妇庄姬。庄姬是晋成公的女儿、晋景公的妹妹，肚子里怀着娃娃，躲到她母亲那里去了。屠岸贾就劝晋景公要斩草除根，把庄姬杀了。晋景公说："母亲顶喜欢庄姬，现在不要理她，等她真要是生了个男娃，再除掉那个祸根也不迟。"

屠岸贾天天派人探听消息，看庄姬是不是坐月子了，程婴也天天探听消息，看庄姬是生了个男娃，还是生了个女娃。屠岸贾和程婴心里想得不一样，屠岸贾急得是要把赵家斩尽杀绝。程婴呢？见屠岸贾无法无天横行霸道，心里气不过，千方百计想保住赵家这根独苗。

再说赵家的儿媳妇庄姬，她想起全家人死得冤枉，听说屠岸贾还要杀她的小胎娃，心里又气又恨又怕，吃不下饭，睡不着觉，三折腾两折腾，小胎娃还没有足月就生下来了。一看生了个小子，她喜坏了，也愁坏了。程婴怎么还不来呢？因为她已经和程婴说好，要是生下个小子起名叫赵武，要是生下个女儿，起名叫赵文。不管是男是女，奶名都叫孤儿，由程婴想办法救出去，拉扯成人。庄姬害怕程婴来得比屠岸贾晚，来不及救下孩子，急忙派宫女给程婴送了封信。程婴拆开一看,上头只有一个"武"字。他高兴极了,可也急坏了。他不管三七二十一,背起药箱就走。

屠岸贾也得到了消息,知道庄姬生了小子。他马上下令,把庄姬住的地方把守起来。还说,要是有人敢来救赵家这个祸根,一样满门抄斩,鸡犬不留。这话传到庄姬耳朵里,她的心跳得"咚咚咚"像打鼓一样,不知道该怎么办。就在这个节骨眼上,程婴背着药箱来了。程婴刚进大门,屠岸贾的人马也来了,把庄姬住的院子围了个里三层外三层。

庄姬见了程婴,就像见了救命菩萨,扑通一声,跪到地上,哭着说:"可怜赵家三百多口人死得冤枉,眼下只留下这一根独苗,你要能救走孤儿,扶养成人,不绝赵家香火,我今生不能报答你,来世变牛变马……"

程婴没等她说完,急忙搀起庄姬,从她手里接过孤儿,藏到药箱里。这才说:"你放心吧!只要程婴还有一口气,就一定想办法把孤儿扶养成人，为赵家报仇雪恨！"程婴说完，挎起药箱，就朝门外走。他一出门，庄姬就自杀了。程婴走到大门口，旁边过来一员武将问："干什么的？"程婴不慌不忙地回答："看病的先生。"武将把手一摆说："快走吧！"程婴刚出大门口，那武将就自杀了。

程婴背着药箱，三步并两步，一溜风地往回走。再不能这么巧了，自家的媳妇也生了个大小子，名叫金哥。这金哥和孤儿同月同日同一个时辰，长得也差不多。他一进门，媳妇就问："孤儿救出来了？""救出来了。"程婴从药箱里往出一抱，就朝他媳妇怀里递。他媳妇放下金哥，抱住孤儿，顺手往小嘴里塞了个奶头，笑了笑说："当家的，放下你的二十四条心吧，我身子好，奶水多，够这两个小东西吃。"

程婴夫妻这才松了一口气，晚上嘀咕了半夜，说要是有人问，就说生了个对把把①，保证漏不了风。

没想到第二天屠岸贾的命令就传下来了：谁要找到赵家孤儿，赏黄金一千两！一个月里找不到赵家孤儿的下落，就把全国不满三个月的娃娃统统杀光。要是查出谁偷偷养活赵家孤儿，满门抄斩，灭尽九族。

程婴夫妻又熬煎下了。程婴左思右想，打猛想起个人来。这个人叫公孙杵臼，七十多岁了。一辈子办事忠厚实在，见了不顺心的事，拼上命也管。他原来和赵盾都在晋国朝廷里做官，官儿大小也差不多。就因为他嫌晋景公办事糊涂，嫌屠岸贾霸道可恶，憋了口气，不做官当老百姓了。他住在首阳山上，种地过日子。

程婴思虑好了，心里有了谱，打算把孤儿送到公孙杵臼那里藏起来，然后再拿自己儿子金哥代替孤儿，送到屠岸贾那里，报功领赏。主意拿定，他照老样子，用药箱背着孤儿，上首阳山去找公孙杵臼。

程婴见了公孙杵臼，把自己的想法一说，公孙杵臼说啥也不情愿。他说："我已经七十出头了，把孤儿养大，最少也得二十年，我这个样子，能活到九十来岁吗？你今年才四十来岁，最好还是把你的金哥送

---

① 对把把：把把【bà bà】，指男婴。对把把，即双胞胎男婴。

到我这里,你再去给屠岸贾报告,就说是我藏了孤儿,他杀了我,你放心养活孤儿……"程婴一直摇头,连声说:"使不得,使不得。"

公孙杵臼说:"使得!我舍老命,死了还落个好名声。你舍儿子救别人的命,还要落个不仁不义的名声,这黑锅可背得早哩,不管咋,你要熬过来。"

程婴瞧着公孙杵臼铁了心,就回家去和媳妇商量。儿是娘的心头肉,起先他媳妇不肯,程婴苦苦劝了半夜,媳妇才勉强愿意了。他看着已经八九不离十了,就抱上自己的小子,赶忙送到公孙杵臼家里,安排妥当以后,才去给屠岸贾报信。屠岸贾半信半疑,说:"要是真的,你可就立下大功,发了大财啦。"

"我一不想立功,二不想发财,因为我也有个没过满月的小娃娃。天保佑,能找见赵家婴儿的下落,连累不了我儿,绝不了我程家的根,就算我烧下磨杆粗的香了。"

屠岸贾就叫程婴带路,马上调动人马,连夜赶到首阳山,把公孙杵臼住的地方围了个水泄不通。公孙杵臼早做好了准备,怕屠岸贾起疑心，故意把金哥藏在后院一间小屋里。屠岸贾逼问公孙杵臼，可公孙杵臼只说不知道。程婴装出为难的样子，劝说公孙杵臼把婴儿交出来。公孙杵臼指着程婴的鼻子骂开了。他说："赵家辈辈忠良，不防给奸贼杀了三百多口。今日只留下一点骨血，庄姬托付我照管。你这个没良心的，真不要脸，为了得几个赏钱，背弃主人，出卖朋友，简直连畜生都不如！白披了一张人皮！你这样怎能对得起死了的主人？可惜你来迟了，我已经把婴儿送到秦国去了！"说到这里，他照着程婴脸上给了一个巴掌，程婴不敢还嘴，低着头直流泪。

屠岸贾命人把公孙杵臼五花大绑起来，又是用鞭子打，又是用棍敲，三折腾两折腾，眼看公孙杵臼就不行了。正在这紧要关头，一个士兵大喊找到了。

屠岸贾抓住金哥，问公孙杵臼："老家伙，我看你还嘴硬！"

公孙杵臼强打精神扑过去，抢回金哥，紧紧抱在怀里说："小小婴儿，有什么罪！你能饶他不死，我愿替他挨一刀！"

兵士夺过金哥交给屠岸贾，孩子哇哇直哭，屠岸贾狠劲往地下一摔，可怜的金哥一动也不动了。公孙杵臼骂了声："奸贼！"就用头去碰屠岸贾，屠岸贾抽出宝剑，把公孙杵臼劈成了两半。眼看亲生骨肉给活活摔死了，公孙杵臼又死得这么可怜，程婴心里像刀子搅，气得浑身发颤。可他又怕屠岸贾看出来什么，哭也不是，笑也不是，他强憋着劲，说不出半句话来。

十五年后，赵武长大了，晋悼公起用了他。他杀了屠岸贾，替赵家申了冤，报了仇。可程婴整整背了十五年黑锅，人们骂了他十五年。

故事小火花

程婴为了保住赵氏孤儿，牺牲了自己的儿子，背负着大家的误解，他舍己取义的精神和气魄，值得所有人动容。

知道中国，多一点

赵氏孤儿：这个悲壮的故事，正是《赵氏孤儿》的情节。《赵氏孤儿》是一部元杂剧，同之前提过的《窦娥冤》，以及《长生殿》《桃花扇》，并称中国古典四大悲剧。《赵氏孤儿》有着广泛的影响，被改编成小说、电影、电视剧等，还流传到国外，在当地的文化界引起了巨大反响。

日积月累

君子抱仁义，不惧天地倾。——（唐）王建

名医偷银洋

讲述者：陈蔚如（75 岁）/ 采录者：龚建国 / 采录时间：1987 年 / 采录地点：上海市青浦区

清朝，旧青浦镇上出了个名医陈莲舫，他曾五次进京为光绪治病，光绪病愈后，赐匾一块，蓝底金字曰："恩荣五召。"

陈莲舫医德极好，得皇上赐匾后，曾在上海行医，为很多穷苦人看病。

一天，一顶小轿停在陈莲舫家门前，随即进来一个后生，说家中老母病重，要请陈先生出诊开方，陈莲舫马上上轿，去为老人治病。轿子在一个棚户门前停下，后生领路，陈莲舫跟他弯腰低头钻进棚户。棚户内潮湿霉烂，一个老太太躺在稻柴地铺上苦苦呻吟。陈莲舫立刻上前把脉，随后在自己膝盖上为老太太开方。临走时，陈莲舫对后生说："药吃完后，还需诊脉开方，以后，你不用轿子来抬，我自己走来好了。"自此，陈莲舫几次上门为老太太治病。

不料，有一次陈莲舫刚给老太太把脉开方后回到家中，却见那个后生气喘吁吁追了上来，对陈莲舫哭着说："陈先生，你知道我家穷得叮当响，为母亲看病买药的钱都是求爷爷告奶奶借来的，刚才五块银洋突然不见了，不知先生可曾见过？我家只有你来过啊……"

陈莲舫听完微微点头说："对不起，这银洋是我拿的。"说完随即拿出五块银洋给那个后生。那后生转悲为喜，说："先生你拿的时候怎么不讲一声？"陈莲舫说："讲了怕不肯，因为我看见一样东西要买，可是没带银洋，所以暂时拿一拿，你快回去吧，省得老母着急。"

以后陈莲舫继续为老太太诊脉开方，连看几次，病就好了。不久，老太太病体康复，想把稻柴地铺拆了拿出去晒晒太阳。哪知道稻柴一翻，骨碌碌五块银洋不多不少都滚了出来。后生拿起银洋，直往陈莲舫家奔去，见了陈莲舫热泪盈眶，当面赔礼道歉，还了银洋，说："先生，你当时为什么要承认拿银洋呢？"陈莲舫笑笑说："当时如果我不承认，可能会急出一条人命来的。"

故事小火花

陈莲舫知道后生家里穷苦，如果丢了银圆，一定会着急，所以自己蒙了冤枉。陈莲舫不但医术高超，更难得的是他的高尚人品。

知道中国，多一点

银洋：就是银圆，今天我们买东西可以使用人民币，可以刷卡，也可以在网上支付，古人则用银子、铜钱、银票，等等。如今，银圆已经不能用来买东西，而是作为文物、收藏品，以及拍卖品，博物馆里就陈列着很多银圆，不同时期的银圆会有区别。

日积月累

做十场佛事，不如做一场好事。——谚语

芹圃先生的医德

讲述者：赵思诚（73岁）/ 采录者：张宝章 / 采录时间：1985 年 / 采录地点：北京市海淀区

正白旗村子四周，到处都长着一种野草，叫野芹。这种野芹，开春时最先破土，夏天秋天长得很旺盛，冬天飘雪花了，有的野芹还没有完全枯死。曹雪芹懂得医道，他用野芹制成中药，治好了不少人的病。

正白旗村东头住着一个寡妇，她丈夫在乾隆十三年攻打金川时，中箭阵亡了，给她留下一个不满十岁的小女孩儿。娘儿俩相依为命，小女孩儿成了她的掌上明珠，喜欢什么就给买什么，要星星不敢给月亮。等到女孩儿长到十五六岁时，偏偏得了"女儿痨"，晚上睡觉前常常大口吐血，脸上没有一点血色。老寡妇整天心痛得哭天抹泪，今天到万花山烧香，明天去卧佛寺请佛，可就是不管用。

一天，有个老道给她画了一张符，上面写着咒语，让她贴在西山墙上，说是能驱鬼避邪、免灾祛病，还骗走了二两银子。

画符贴在西墙上，下面还有几行小字，写着"天皇皇，地皇皇，我家有个病姑娘。过路小伙念三遍，病好嫁你做妻房"。曹雪芹路过看见后，眉头一皱，哼了一声，说："又是那老妖道骗钱来了！"就推开寡妇家的门，进到院子里。寡妇迎出来，告诉曹雪芹："那个老道说，我家姑娘是邪气缠身，贴上这张符，让十七八岁的小伙子给冲一冲，病就会好啦！"曹雪芹对老寡妇说："老阿妈，您别听那一套骗人的话。让我给你家姑娘看看病吧！"

曹雪芹跟着寡妇进到屋里，给姑娘号了脉，对寡妇说："这孩子的脉，沉而有力，气数不亏，寸脉细而不洪，乃是血量不足之兆。待我回家用野芹配成一服草药，吃上几剂，就会见好的。这病不难治，您不要着急了。"寡妇问一服药要多少钱，曹雪芹告诉她："我用的药都是自己亲手采制，一个钱也不要。我看病行医，是为了帮助病人解除痛苦，不是为了赚钱。这是每个村野医生应有的医德呀！"

寡妇感激不尽，就跟着曹雪芹到他家去取药。回家后，她按照雪芹的嘱咐：一天一小包，每包煎两次，分三次吃完。没想到，这平平常常的草药，姑娘吃完却有了奇效。那个病姑娘到第三天就能坐起来了，第五天能自己下地了。娘儿俩高兴得不知道怎么才好，抱在一块儿，哭一阵儿，笑一阵儿。她们请人做了一块"华佗再世"的匾，亲手抬着送到曹雪芹家。

曹雪芹治好"女儿痨"的事儿，传遍了正白旗，远远近近前来求医的人就更多了。曹雪芹在村东开了一块地，培植了一片野芹，四周围上了一道篱笆。他给这块培植野芹的园地起了个名儿叫"芹圃"。后来，曹雪芹用芹圃里的野芹制成草药，治好了很多很多人的病。这些病人，不叫曹雪芹的名字，也不称呼他的号，就叫他"芹圃先生"。曹雪芹自己听了也很满意，就把"芹圃"作为自己的号了。

故事小火花

曹雪芹仁爱，用野芹制成中药给人治病，看到寡妇家被老道骗了之后，又给姑娘配上中药，分文不收。曹雪芹一心为病人解除痛苦，崇高的医德让人感动。

知道中国，多一点

医德："芹圃先生"曹雪芹因《红楼梦》而广为人知，奠定了他作为文学家的地位。不过，从《红楼梦》的记载以及流传的故事来看，曹雪芹还是一位好医生。关于医生的仁爱之心，还有一个典故：传说董奉医术高明，常常给穷人治病，不收取报酬，治好病的人只需要栽几棵杏树就行了，时间长了，杏树成林，人们就用"杏林春满""誉满杏林"来称赞医生的高明医术和高尚医德。

日积月累

医者父母心。——谚语

第②篇 善人者，人亦善之

结草报恩

讲述者：黄龟渊 / 采录者：朴赞球、延民 / 采录时间：1986年 / 采录地点：吉林省延边朝鲜族自治州龙井县

春秋时期，晋国的一位国君有两个儿子。他岁数大了，开始考虑安排后事。有一天，他把两个儿子叫到面前，说："你们听着，我有一件心事跟你们说，希望你们日后一定要做到：将来有朝一日我去西天之后，你们不要让庶母给我陪葬，背着人把她送回娘家好了。你们听明白了吗？"

兄弟俩不约而同地回答："是，父王，孩儿听明白了！"

又过了些日子，国君病倒在床上，觉得自己已经不行了，在弥留之际，他把两个儿子叫到跟前，留下遗言说："你们听着，看来我是不行了，我死了你们要让庶母为我陪葬，夫妻一场嘛，可不能让她一个人活着。听懂了没有？"

兄弟俩异口同声地回答道："是，听懂了！"

过了些日子，国君去世了。国君一死，皇亲国戚就要为他举行隆重的葬礼。可是国君曾留下两种不同的遗言，叫这两个兄弟为难了。

弟弟说："哥哥，我想了半天，就照父王在病床上说的，让庶母陪葬，还是遵从父王最后的遗言好！你说呢？"

哥哥不同意弟弟的意见，他说："弟弟，你听我说，不能照你说的办。因为父王让庶母陪葬，是在神志不清的时候讲的；而不让庶母陪葬，把她送到娘家，是父王身上没病、神志很清醒时讲的。不能让庶母陪葬，得把她送到娘家去。弟弟你看这样处理行不行？"

弟弟听了，认为哥哥说得在理，就同意照哥哥的意见办了。

那个时候，国君死了，就要夫人和小妾陪葬。两个兄弟趁人们忙乱之机，装作让庶母陪葬的样子，等葬礼结束了，背着人悄悄地把庶母送回到娘家去了。

隔了好多年后，国家发生了战乱，这两个兄弟也带领兵丁，前往战场打仗去了。打了几仗，总是败北，只好重整旗鼓，再决雌雄。这一天，他们正打得你死我活，突然空中响起了"青草坡！青草坡！"的声音。弟弟听了怪纳闷的，就停马下鞍问道："哥哥，你听，那空中响的是什么声音，奇怪不是？"

"弟弟你也听见了？"哥哥问了一句以后侧耳细听，那声音分明是"青草坡！青草坡！"。哥哥忽然兴冲冲地一拍大腿说："有了，这是老天爷在拯救我们。弟弟快走，我们今天到青草坡去打，保管能打胜仗！"哥俩带领兵丁转移到青草坡摆开了阵势。敌人兵马照样气势汹汹地向哥俩的阵地冲杀过来，冲到坡上，却一个个突然倒了下去。兄弟俩看到此情此景，立即鼓乐齐鸣，立马横枪，率领千军万马直捣敌军巢穴，打了一场漂亮的大胜仗。

最后收拾战场，他们才发现，满坡上的青草都结成扣儿，敌人兵马就绊倒在那里，再也爬不起来了。他们想，这绝不是人力所能做到的，分明是老天爷救了咱俩。他们哥俩感动得就地跪下，仰天致谢："老天爷，我们兄弟将感恩报德，永志不忘！"

话还没说完呢，突然一位白发老人从天上飘来，恭恭敬敬地向兄弟俩施了个礼，说："二位将军言重

了，不是老翁施恩，而是来向二位报恩来了！"

听这陌生的老人说是前来报恩，兄弟俩感到莫名其妙，忙问道："老先生，您这话怎么讲？"

白发老人这才慢言细语地说："老翁乃是二位将军庶母的生父。想当年二位没让老翁的女儿陪葬，却悄悄地把她送回娘家，使她享尽了天伦之乐，死后又升了天，这都是托二位将军的福。老翁今日特地前来，在青草坡上结草报恩！"话音刚落地，白发老人就没了踪影。

从那以后，随着善有善报故事的传播，在我们的生活里便产生了结草报恩这句话。

故事小火花

兄弟俩没有让庶母陪葬，而是悄悄地保全了庶母的性命，送她回到了娘家，享受天伦之乐。于是庶母的父亲知恩图报，在战争中帮助兄弟俩取得了胜利，兄弟俩的好心有了好报。

知道中国，多一点

（1）**结草衔环**：我国的一句成语，其中"结草"的典故类似于这个故事，出自《左传》。传说晋国大夫魏武子，在生病时嘱咐儿子魏颗，等自己死后，要将爱妾嫁出去，而病重时又要魏颗将爱妾杀死陪葬。魏颗没有杀死父亲的爱妾，而是将她嫁给了别人，因为他认为应该遵从父亲神志清醒时的命令。后来魏颗和秦国交战时，有一位老人用草编的绳子套住了秦国大将，使得魏颗获胜。当天夜里，魏颗梦见了白天帮助他的那位老人，老人说他是那位爱妾的父亲，今天正是来报恩的。后来，就用"结草衔环"来表示感恩戴德，至死不忘。

（2）庶母：古代，儿女对父亲妾的称呼。

日积月累

好种定有好苗，好心定有好报。——谚语

小燕报恩

讲述者：宋老太太（65岁）/ 采录者：马名超 / 采录时间：1958年 / 采录地点：黑龙江省宁安县

从前，有个热心肠的老奶奶，她家屋梁上絮了个燕窝，一到春天，就有南来的燕儿在那里安家，老太太也不去惊动它们。

这一天，老奶奶正烧饭呢，只听"吧嗒"一声，有个什么东西掉在堂屋地上了。她回头一看，原来是个黄嘴丫的小燕儿，捡起来细一瞅，小燕儿把小腿摔折了。

老太太挺心疼，忙找出补丁条儿，给小燕缠上腿，搁在热炕头上将养着。她天天喂米喂水，伺候得可精心啦。过了几天，小燕羽毛生满，伤也养好了，老奶奶一扬手，突噜一下，小燕儿就飞进大群里，和别的燕子一起回南方过冬去了。

第二年春天，燕群又飞回来絮窝的时候，有一天老奶奶正做着饭，就听到有只燕子对着她叽叽喳喳直叫唤，老是不走。老奶奶一瞅，正是腿上缠着布条的那只小燕儿，嘴里还含了点什么。正当老奶奶抬头的时候，小燕儿吐出个东西来，拾起一看，原来是颗黄瓜籽儿。正赶上春天种园地，老奶奶就把那粒黄瓜籽种上了。隔不了几天，那瓜籽就出芽生蔓，长叶开花，再看，还结黄瓜了呢。别人家的黄瓜，都是尖朝下长着。可是，这棵秧上的独根黄瓜，却是尖儿冲上，是根"朝天黄瓜"，满地里都是清香味，老奶奶怎么也舍不得摘下来吃掉。

赶巧，村里来个游方术士，能看风水。他走过地边，一闻那清香味，就过来问那黄瓜卖不卖。老奶奶看着黄瓜心爱，就说不卖。那游方术士，说啥也不肯走开，答应要多少钱给多少钱。老奶奶心眼实在，寻思一根黄瓜呗，算个啥呀，就说："卖就卖吧，你给多少算多少。"那术士不容分说，张口就应下给五十两银子。两下里议好，等黄瓜长成，由他自己来取。说罢，那术士付了钱，就走了。

转眼就到秋天，都快下霜了，那个买黄瓜的游方术士还不来，园地里别的菜棵都收进家了，唯有那棵黄瓜，枝叶还是青绿的。老奶奶生怕黄瓜让霜打了，就把那条黄瓜摘下来精心地收进仓房。等她把黄瓜一摘，那棵瓜秧也立刻就蔫巴了。

摘下黄瓜的第二天，那个买黄瓜的游方术士也来了。一见老奶奶已经把黄瓜摘下了，他就连连说："完喽！完喽！"心疼得直拍大腿。一问怎么回事，才知道那不是一般的黄瓜，原是一把能打开宝山宝库的"金钥匙"！由于没长成，还不到时限，所以没有太大的支撑劲儿，老奶奶听了也十分后悔。那游方术士见事已至此，只好将黄瓜保留下来，等到开山的时候，好前去试一试。

这年八月初十，该是打开宝山的时候，老奶奶就背个口袋，跟那游方术士带上朝天黄瓜，去到大青山前，等候取宝。果然，一到星月出来，大地一片银白的时候，只听青山连响几声，不大会儿，就顺地面翘开一道大缝子，朝上支起。那游方术士忙抱起朝天黄瓜，跑过去就把大山给支上了。再一看，果真立时变成一把金霍霍的钥匙，把大山撑住了。

这时，术士带领老奶奶走进洞去，看见里边一色全是耀眼的珠宝。再看，洞当中有盘金磨，一个金马驹儿扬起四蹄正拉磨呢。旁边有个扎花围裙的小媳妇，梳个发髻，使个小簸箕，正往磨脐眼里填砂，可是磨出来的，一色是鼓溜溜的金豆儿！老奶奶把口袋一顺，上前就搂，几把就装上半口袋。这时，旁边就有了响声。那术士说声快走，老奶奶早已走到洞口。他俩刚出洞门，只听身后嘎巴一声，大山又合上了，再看那朝天黄瓜，早就折成两截啦！

老奶奶一看才知道，若是黄瓜长成就好了。不过，老奶奶有了那么多金豆子，日子也就过得一天比一天好起来了。

故事小火花

老奶奶热心肠，给有伤的小燕子包扎好伤口，精心伺候。小燕子为了报老奶奶救命之恩，送了老奶奶一颗特殊的黄瓜籽。老奶奶用朝天黄瓜打开了宝库的门，得到了金豆子，过上了好日子。

知道中国，多一点

燕子：大家熟悉的鸟类，家燕常常在农家的檐下筑巢，以蚊、蝇等昆虫为主食，所以我们不能伤害燕子。燕子是候鸟，冬天到来的时候，燕子需要南下过冬。其实，并不是因为燕子害怕寒冷，而是燕子习惯捕食空中的飞虫，而北方的冬天却没有太多飞虫。国人很喜欢燕子,《小燕子》这首歌家喻户晓。在古诗词中,燕子也很受青睐,古人常用燕子来表达各种思想感情,例如对春光的留恋、对爱人的思念,以及漂泊离别时的忧愁,等等。

> **日积月累**
>
> 　　朱雀桥边野草花,乌衣巷口夕阳斜。旧时王谢堂前燕,飞入寻常百姓家。——《乌衣巷》

知恩图报的蚂蚁（蒙古族）

采录者：明棠 / 翻译者：胡尔查 / 采录时间：不详 / 采录地点：不详

北山一个猎人的土灶旁，勤劳的蚂蚁在那里安了家。

一天，猎人把灶火烧得很旺，蚂蚁热得口干舌燥，简直快要闷死了。蚂蚁寻遍了猎人的卧室，可是连一滴水也没有找到，渴得它嘴里冒烟，眼看快要渴死了。这时，它突然想起：在猎人门前一棵大树旁，有一处清澈的泉水。于是，它便向那里爬去。

爬到泉边，蚂蚁高兴地看到了清澈的泉水，由于它太渴了，便不顾一切地弯下腰去饮水。哪知，激荡的泉水一下把可怜的蚂蚁卷了进去。蚂蚁不会游泳，它大口大口地吞着泉水，呼喊救命。这时，一只花喜鹊落在水边的一棵榆树上，听到呼救声，忙四下看，看到蚂蚁遇难，便赶紧啄下一片树叶抛给落水的蚂蚁，喊道："喂！蚂蚁兄弟，不要惊慌。赶快爬上飘在你身边的那片树叶，浪花儿会把你推上岸去的！"

蚂蚁按照喜鹊的嘱咐，挣扎着爬上树叶，安全地被浪花儿送上了岸。

当蚂蚁向喜鹊告别时，再三地感激它救命之恩，喜鹊抖动着翅膀高兴地说："没啥，没啥，蚂蚁兄弟，不必这样客气！谁能不遭遇困难呢？"

蚂蚁告别了喜鹊，长途跋涉回到了家里。当它刚刚躺下休息时，忽然听到猎人自言自语地说：

打猎三天手空空，
不觉心中闷气生。
哪管孤树小喜鹊，
明天打来用油烹。

落水遇救的蚂蚁，一听猎人要射杀救它的喜鹊，便毫不畏惧地走近猎人身边探察情况。一看，猎人正在搭弓试箭哩。蚂蚁急忙转身，使尽全身力气朝泉水的方向爬去。可是，还没等它爬到水边，那猎人已经走到湖边，单膝跪地，张弓拉弦，正准备在巢里酣睡的喜鹊放箭。蚂蚁一看，已来不及向喜鹊喊话，于是狠狠地在猎人的腿肚子上咬了一口。正要放箭的猎人急忙松开弓弦，向腿肚上猛击了一掌，"啪"的一声，可怜的蚂蚁丧生了。可是那树巢里的喜鹊，听到猎人的这一击掌声，即被惊醒，腾空飞走，安全地脱险了。

故事小火花

小蚂蚁掉进了泉水里，差点被淹死，这时喜鹊救了它一命。小蚂蚁知恩图报，听到猎人要射杀喜鹊，赶紧去给喜鹊报信，为了救喜鹊，善良的小蚂蚁牺牲了自己。

知道中国，多一点

喜鹊：喜鹊对于大家来说并不陌生，在中国，喜鹊是吉祥的象征。很多文艺作品、民间传说中，都有喜鹊的出现。例如在牛郎织女的故事中，每年七夕正是因为喜鹊搭起了鹊桥，牛郎和织女才能在天上相会。

日积月累

好汉做事做到头，好马登程跑到头。——谚语

老虎报恩（藏族）

讲述者：祝家存（60岁）/ 采录者：豆改杰 / 采录时间：1990年 / 采录地点：青海省平安县

从前，有娘儿两个，儿子每天砍柴卖钱来供养阿妈。一天，儿子上山砍柴，走着走着，到了一个石崖底下，他看见前面一棵树的枝丫中间夹着一只老虎，想把它救下来，又怕反被它吃了。思来想去，最后还是下决心救下那只老虎。他爬上树，砍断树枝，"嘭"的一声，老虎掉到了地上，趴在那里静静地一动不动。他看了一会儿，见老虎不会伤害他，这才下树砍柴去了。

他砍了柴，收拾停当，准备往回走。这时平地刮起一阵风，把满地的树叶枯枝吹得"沙沙"作响。他一回头，见是那只他救下的老虎。不好！他心里一惊，吓得魂都掉了，真后悔救了它。他背上柴紧走几步，但老虎也从后面远远地尾随着。他走快老虎也走快，他走慢老虎也走慢，就这样一直到了他家门前。他一进门就大声喊："阿妈，阿妈，我后面跟来了一只老虎。"阿妈出门一看，不要说老虎，连个虎影儿也不见。阿妈责怪他看花了眼，一问才知道儿子救虎的事情。

有一个晚上，娘儿俩听到有什么东西在推门。儿子壮着胆子开门一瞧：老虎嘴里衔着一只羊。老虎见了他，就放下羊，点点头消失在黑夜里。娘俩不管三七二十一把羊肉煮着吃了。又隔了几天，老虎又抬来了一头牛。阿妈感到很奇怪，对儿子说："儿啊，这只老虎怎么会给我们家抬牛羊？你年纪也不小了，要是它能给你抬个媳妇多好啊！"没过几天，老虎真的抬来了一个美貌的姑娘。这次，老虎还开口说话了："往后你们有啥事情要我帮忙，就到山上喊三声'虎大哥'，我就会出来。"说完就消失了。

娘儿俩哪里知道，老虎抬来的原来是一位公主。王宫里发现公主失踪，四处张贴布告，挨家挨户搜查，找来找去，最后找到了他家。这下小伙子可闯下大祸了，拐骗公主有杀身之罪啊！国王手下的人不问青红皂白，就把小伙子捆走了。

阿妈见儿子被抓走，急昏了头，不知该怎么办。她猛地记起老虎说过的话，急忙磕磕绊绊地爬到山顶，连喊三声"虎大哥"。一阵风刮过，老虎随风跃出，阿妈痛哭流涕地给老虎把发生的事情说了一遍。老虎听了朝大山深处大吼三声，震得山摇地动，不一会儿，千万只老虎从大山深处汇聚在一起，洪水般涌向京城，把个京城围得水泄不通。这下，国王和大臣们都慌了手脚，整个京城一片混乱。

再说那个小伙子，抓去后立即被下到了死牢里。一天，守牢的人在小伙子牢房旁谈论老虎困城的事情，小伙子听了个一清二楚。他急忙把守监狱的人叫到跟前说："你去禀告国王，要是放了我，我自有退虎的办法。"

国王听说小伙子能退虎群，亲自来到死牢里对他说："你要是在三天之内退了虎，我封你为驸马，若是退不了，那只有死路一条。"小伙子满口应承。他谢过国王,出了死牢,登上城墙,从城头上往下一看,啊!数不清的老虎。再仔细一看,在老虎群中,正对城门当中站着一只斑斓大虎,正龇牙咧嘴地大声吼着。他认出那就是自己救过的那只老虎,赶紧下了城墙,出了城门,来到这只虎的跟前。老虎见到救命恩人,眼睛里流出了泪水。他不知对老虎说了些什么,可老虎好像懂了他的意思,只见那只大虎回转身大吼了三声,甩了一下尾巴,带头向后撤去。其余的老虎都跟着它纷纷退去了。

国王看得惊呆了,没想到这个小伙子竟有这么大的本事,连老虎也听他调遣,就高高兴兴地把小伙子召进宫里,叫公主和小伙子结了婚。小伙子成为驸马,从此,娘儿俩过上了幸福的生活。

故事小火花

小伙子出于善意救了老虎,老虎铭记在心,不断感恩,给小伙子送来了牛羊,还让小伙子娶到了美丽的公主。

知道中国,多一点

驸马:在影视剧中经常可以看见,娶了公主的人,成为国王的女婿,就被称为"驸马"。其实,"驸马"是由"驸马都尉"这个词来的。"驸马都尉"起初是一个官职,并不是指国王的女婿,直到后来,国王的女婿才都被授予"驸马都尉"的称号,简称驸马,清朝称为"额驸"。

日积月累

心地善良,地好路通。——谚语

砍柴人（蒙古族）

讲述者：毛和利、帕力其格等 / 采录者：乌云毕力格、苏荣 / 采录时间：1982年 / 采录地点：青海省海西蒙古族藏族自治州格尔木市

很久很久以前，有一家三口住在一个山沟里。老汉每天出外捕鼠，儿子每天上山打柴火，全家的生活过得挺苦。

有一天，儿子正在山上砍柴，忽然一只瘸腿的黄羊跑到他跟前。小伙子问黄羊："你的腿怎么瘸了呢？"黄羊浑身发颤，一副很可怜的样子，说："一个拿着短枪的人打伤了我的腿，他现在正在追赶我，你是个善心的哥哥，求你救救我的命吧！"

小伙子很同情地说："好吧！"便把它藏在了柴堆下面，不慌不忙地继续拾柴。过了一会儿，果然有个拿短枪的人跑来问他：

"小兄弟，你见到一只瘸腿的黄羊从这儿过去了没有？"

"我什么都没有见到。"

"你骗我，怎么可能没有见到呢？"

"我说的全是真话呀！我只顾拾柴火，哪能顾得上其他事呢？"那人听罢就匆匆忙忙走了。等他走远后，小伙子才把瘸腿黄羊放走。

第二天，他又像往常一样上山砍柴，一只带夹子的狐狸一拐一拐地走到他跟前，一副很害怕的样子，央求道：

"好心的小伙子呀！求求你，想想办法救救我的命吧！我后面有个拿着黑长枪、骑着高头黑马的人正在追我呢！"

"好吧！我想办法救你。"说完，小伙子便把它藏在柴堆底下，然后拾他的柴火。不久，果然来了一个拿着黑长枪、骑着高头黑马的人问道："小伙子，你见到一只带夹子的狐狸没有？"

"我什么都没有见到。"

"它肯定是从这个地方跑过的呀！"

"我真的没看见，我只顾捡柴，没有注意其他事。"这人就骑上马走了。小伙子等这人走远了，就打开狐狸的夹子放走了它。

晚上，他背着柴回到家里，父亲很伤心地说："今天连一只鼠兔都没捕上，今晚没法开锅了，唉！"儿子听后心里更加难过。父亲看到儿子愁眉苦脸的模样，惊奇地问："儿子呀！你怎么这样愁眉苦脸呢？出了什么事？"

"没有什么。"

"我看今天你准是碰见了什么事情，不要紧的，说给我听听。"在父亲的央求下，他只得把今天遇到的事一一告诉了父亲。

父亲听完了儿子的话，气冲冲地说："你还有脸说这事呢！你这个笨蛋，一点都不顾家，你干得真好，竟然放走了到嘴边的肥肉！"父亲气得火冒三丈，拿起木棒狠狠地把儿子痛打一顿，随后把儿子赶出了家门。

　　善良的小伙子有家难回，独自踏上了流浪的路。走着走着，在路上遇见了一只快要饿死的乌鸦，他十分可怜它，便给了它一点食物，继续往前赶路。

　　那只乌鸦吃了小伙子给它的食物，有了力气，在他的头顶上飞来飞去，旋转了三圈就飞走了。

　　小伙子走着走着，到了一个美丽的湖边，好多人在捕鱼。他见到有个人捕了一条可爱的鱼，便跑上去问："大叔，请把这条鱼卖给我好吗？"

　　"行！"捕鱼人随手把鱼递给了他。小伙子伸手接过那条鱼，仔细看了看，觉得它确实可爱，就把鱼放进了湖里。

　　从这以后，他绕着湖走了几天几夜。有一天，从湖里面走出了一位骑着白犏牛、长着白须的老人。他来到湖边向小伙子说道："小伙子呀！我们的龙王请你到他的宫殿去一趟，你快点去吧！"

　　"您说什么？"

　　"龙王要我一定请你到龙宫，你去后就会明白的。"

　　"我怎么能进到湖里呢？"

　　"你把眼睛闭上，抓紧我的犏牛尾巴就是了。"

　　小伙子依照老人所说的话，闭上了眼睛，紧紧地抓住了犏牛的尾巴，走进了湖里。不知走了多远，老人说："小伙子呀！现在已经到了龙宫，你把眼睛睁开看一看！"

　　小伙子睁开眼睛一看，他们到了一扇好大的用玻璃建造的房门前。这时，老人对小人伙子说："你进龙宫时，房内左边盘蜷着一条白花斑的蛇，房内右边盘蜷着一条黄花斑的蛇，你不要害怕。龙王和夫人会对你说：'你救了我家小公主的性命，对我们恩重如山，你愿拿满驮子的金子也行，拿装满箱子的银子也可以，你自己选择。'你不要拿金子和银子，只拿放在右边箱子上的黄色小盒子。"

　　小伙子走进了玻璃房，果然左边和右边盘蜷着两条大蛇。原来，躺在左边的大蛇是龙王，右边的是龙王夫人，俩人都起身走到他跟前，说："小伙子，你救了我家小公主的性命，我们表示重谢！你愿拿满驮的金子，还是愿拿装满银子的箱子，由你自己选择。"

"我什么都不拿，请求龙王给我右边箱子上的那个黄色的小盒子，我就心满意足了。"龙王和夫人沉思了一会儿，拿起那个黄色的小盒子痛哭了好一阵，还是把小盒子递给了小伙子。

小伙子拿着龙王给他的小盒子，穿过玻璃房的好几道门，来到了早已等候的老人跟前。他俩走出了湖边。这时，小伙子问老人："我拿这个小盒子有什么用呢？"

老人说："你把它放在枕头底下耐心等待三天。三天过后，你就会知道的。"说完，老人就不见了。

晚上，小伙子睡觉时，把小盒子放在枕头底下。就这样到了第三天早上，他醒来发现自己睡在一个洁白的蒙古包里，桌上早已备好了各种各样香甜的饭食，家里却一个人也没有。他走出去一看，羊圈里有着无数的羊，他心想：给我带来恩惠的准是这只盒子。

从此，他白天放羊，晚上回家时都有做好的饭吃。

有一天，他把羊群往山上赶，转身朝家望去，发现毡包的天窗冒着白烟。他更加惊奇，一口气跑回家，从天窗顶端悄悄地探视，只见屋内有一位美丽的姑娘正忙着干活。他冲进家门，那位姑娘见小伙子已进了门，便说道："哎哟！我俩见面的时机还没到，你这么急着来见我，往后肯定会有灾难降临的。从今以后，你每天把羊放好，我每天在家，把绸缎花纹对起缝好。"就这样他们成了夫妻。

有一天，小伙子心想：妻子每天在家很舒服，可是我每天在外边辛辛苦苦地放羊，不如我也舒舒服服地休息两天。第二天他就没去放羊，睡了一整天。当他醒来一看，发现家也搬走了，羊群也无影无踪了，自己却躺在野外。

他无可奈何，只得又过着穷日子，四处漂泊。有一天，他碰见了当初遇难的瘸腿黄羊。黄羊一见到他急忙问道："小伙子呀，你干什么去？"

"我的家搬走了，不知去哪里了，我正在找呢！"

"你的家被龙王的女婿们给搬走了。现在你需要做一双百层底子的靴子，再做一根百丈长的拐杖，还要准备好一百天的食粮，然后，你就赶路。那个地方很远很远，当你赶完一百天的路程后，你百层底子的靴子磨损成了一层，百丈长的拐杖磨损成了一丈，百日的粮食只剩了一天，到那时，你才能找到你的家。"

小伙子听完黄羊的话后，依照它的吩咐准备了所有的东西赶路了。走着走着，又碰见了当初遇难的那只狐狸。狐狸问他："小伙子，你往哪儿去？"小伙子把事情给它说了。狐狸也和黄羊一样，教给他怎样去找到家。

小伙子离开狐狸又往前赶着路，突然在他头上飞来了一只乌鸦。乌鸦问他："小伙子，你去哪儿？"小伙子把事情给乌鸦说了，乌鸦又教给了他同样的办法。

小伙子赶了近百日的路程，百层底子的靴子磨成了一层，百丈的拐杖磨成了一丈，百日路程的食粮只剩下了最后一天的，果真找到了自己的家。

有一天，龙王把小伙子叫到自己的宫殿里说："你当我的女婿，有件事要你办！我从取经的圣地回来时，半路上丢失了黄金制的穿山镜，你一定要把它找回来，不然，你就当不成我的女婿了。"

小伙子遇到瘸腿黄羊，请它帮忙找穿山镜。黄羊说："这个东西很容易找的，它就在我卧着休息的地方。"便把他领到那里，取了穿山镜。

小伙就把黄羊给的穿山镜给了龙王，龙王很满意。但是二龙王把他叫去说道："我从取经的圣地回来的路上丢失了银碗，你去把它找回来。不然，我们会赶走你。"

小伙子听了这话，又去找银碗。走着走着，碰见了当初救过的那只狐狸。狐狸说："噢，那天我的几个孩子在路上捡到了一个银碗，我俩去看看。"就把他领到洞里，果然看到了二龙王的银碗。

他把银碗送到了二龙王手中。

但是，三龙王又说："我不知在什么地方把金戒指给丢了，你明天无论如何要找回来！不然，你当我的侄女婿我也不答应。"

小伙子走了几天几夜，找到乌鸦。乌鸦说："我捡到了一个金黄色的圆圈，放在我的窝里了，咱俩去看看，说不定那就是三龙王的金戒指。"便把小伙子领到窝里一看，果然是三龙王的戒指。

三龙王拿到自己的金戒指很高兴，他说："你给我们做了不少有恩惠的事情，现在也该真正当龙王的女婿了。"就这样，小伙子才和龙王的公主举行了婚礼，过上了幸福安乐的生活。

故事小火花

小伙子是个善良的人，一路救了黄羊、狐狸、乌鸦、鱼的性命，正是由于它们的帮助，他才能顺利通过龙王们设置的种种考验，和美丽的龙公主结了婚，好心还是有了好报。

知道中国，多一点

蒙古包：蒙古包现在已经被大家所熟悉，"包"是"家""屋"的意思，蒙古包冬暖夏凉，采光条件好，拆迁方便，非常适合逐水草而居的蒙古族居住。而且，蒙古包内部也是有讲究的，例如男人用品要摆在西面，女人用品要摆在东面，这和蒙古族男右女左的座次有关，也与蒙古族的男女分工有关。

日积月累

善人者，人亦善之。——管仲

青龙报恩

讲述者：曹文通 / 采录者：刘文男 / 采录时间：1987 年 / 采录地点：广东省潮州市

从前，潮州城北住着个老阿姆。老阿姆没儿没女，孤孤单单一个人，全靠自己每天到韩江边捞树枝，到北堤拾枯草，换钱买米过日子。

有一天，老阿姆又到韩江边，看见石头脚下躺着一条小青蛇，全身尽是伤口，一大群蚂蚁正爬在它身上啃着，看样子是被江水卷上岸来的。老阿姆觉得它可怜，便把它捡进竹筐里背回家来。

老阿姆替它洗伤口，又舀稀饭喂它。以后，还天天把它带到江边去，替它寻小虫、捉青蛙吃。过了好几天工夫，小青蛇的伤治好了。白天，小青蛇替老阿姆看门，让老阿姆放心去拾柴火；晚上，老阿姆回家，总是自己省吃少喝，让小青蛇吃饱。

老阿姆一天天瘦了，小青蛇不忍心，就只好悄悄爬到邻居那里偷鸡偷鸭吃。老阿姆后来知道了，便对小青蛇说："阿姆池塘浅，养不了大鱼啦，你还是回去吧。"小青蛇鞠了三躬，辞别了老阿姆，就回到江里去了。

有一年，韩江发洪水，洪水冲垮了北堤，北堤缺了口，房子被冲塌，田园被淹没，百姓好凄惨。差役赶着百姓抗洪水，挑土挑草挑石头，一车车一船船倒落堤下填缺口。填了三日三夜，缺口水深流急浪又高，总是填不合拢。知府急了，连夜贴告示，召集贤人出主意。当夜，小青蛇跑来给老阿姆托梦："老妈妈，缺口合不拢，全是白龙兴风作浪，明天我要和它斗，斗赢了，我帮大家把缺口合拢，你去揭告示吧！"

第二天，老阿姆照小青蛇的吩咐，跑去揭告示，知府把她挡住，差役把她赶走。谁相信她一个老阿姆呀！这时只听见上游"隆隆"响，一条大青龙朝着这里迅速游来，头上长着两只大鹿角，爪子像大铁锚，好威武！老阿姆认出来，它就是小青蛇变的。

白龙见大青龙来了，就拱出江面拼上去，角对角地斗起来。斗了一回，斗了二回，斗得江水翻起三丈浪，斗得天昏地暗。斗到第三个回合，白龙斗输了，只好夹着尾巴游出韩江躲到南海去。

大青龙游过来，先给老阿姆三鞠躬，再到缺口去，想用身子挡流水。可是缺口长，龙身短，靠了北边，靠不着南边，说什么也挡不住缺口。老阿姆见到这情形，便跳下去，一把抱住龙尾，帮它靠着了南边。流慢了，浪平了，堤上的人急忙填沙填土填石头，缺口终于合拢了。大青龙见北堤保住了，便让老阿姆骑着它，又"隆隆"作响顺着来路游回龙宫里去了。

后来，百姓就在缺口的地方造起一座庙，纪念老阿姆，也纪念大青龙，这座庙叫"龙母庙"。

故事小火花

老阿姆救了受伤的小青蛇，变成了大青龙的小青蛇打败了兴风作浪的白龙，帮助老百姓平定了水患。因此，老百姓建立了龙母庙，纪念老阿姆和小青蛇的仁心。

知道中国，多一点

龙母庙：珠江流域分布着很多龙母庙，它们有着悠久的历史，流传着很多动人的传说。龙母庙不仅吸引了当地的善男信女来焚香膜拜，还使得海内外游客来观光游览。龙母庙具有宝贵的价值，例如德庆龙母庙就建于秦汉时期，距今几千年，是"岭南古建筑三瑰宝"之一，也是全国重点文物保护单位。

日积月累

行得好心有好报。——谚语

义狼案

讲述者：余向汤（67岁）／采录者：阿坝民间文学采风队／采录时间：1987年／采录地点：四川省汶川县

从前，有个医生经常独自出去行医。一天，他到山那边去给人看病，刚翻上山顶，在一片密林中遇到一群狼挡住去路。狼不咬他，也不放他走。医生想，这才真是怪事呢！便对领头的狼说："狼啊，你有事就点三下头，没事就放我走吧。"狼会听人话，点了三下头。医生就跟着这群狼来到一个岩洞里。原来洞里有一只老狼，头上生了脑疽，睡卧不起，瘦得皮包骨头。狼是请医生给老狼治病的，医生就留在洞里给老狼医脑疽。

不久，老狼的脑疽医治好了。老狼千恩万谢，送给医生一个褡裢，里面装有二十两麝香和一根金烟袋，这群狼还高高兴兴地送他翻过了大山。

医生回来，把老狼酬谢的褡裢、麝香、金烟袋摆在大街上卖。一会儿，一个小伙子见了这三件东西，就说是他爹的，还说东西在人在，他爹一个多月前出门没回来，现在看到东西在医生手里，要向医生要人。医生再三说明，说东西是老狼送给他的。不管医生怎么说，小伙子都不依，非要拉着医生告到县官那里去。

医生把密林中遇狼和给老狼医疮、狼酬谢东西的事说了一遍。县官不相信，派了两个差人押着医生到山洞里找老狼做证。到了洞口，医生叫出老狼，说明来意。狼见了医生就摇头摆尾高高兴兴的，见了两个差人就张牙舞爪要吃差人。医生为了证明自己的清白，便挡着狼，不准它伤害差人。老狼愿为医生做证，把山珍野味赠给医生，然后跟随差人,陪同医生到了县衙。

县官升堂审案,公堂上挤满了看热闹的百姓。县官命公差将医生和狼带上公堂。县官把惊堂木一拍,喝道:"大胆老狼!图财害命,伤害无辜,赃证俱在,如实招来。"公差将褡裢、二十两麝香和金烟袋摔在医生和老狼面前。老狼摇头三下,表示不是它杀人抢财物。接着,县官又问:"被害人的肉如果是你吃的,就点三下头,不是就摇三下头。"老狼点了三下头。县官明白了几分。这时,看热闹的人群中有个贼头鼠眼、神色慌张的人急急忙忙往外窜,不小心掉了一只鞋。这个人回转来找鞋时,老狼一口将他衣角咬住拖到大堂上。

这个人吓得像筛糠一样发抖。县官喝道:"大胆刁民!老狼为何要拉你上公堂?如实招来!"这人明白不招不行,便如实招了。

原来,他是一个棒老二①。一天,有个人路过山林,他看这人身上背了个褡裢,心想肯定有钱,就把人打死了,抢了银子。正在这时,

---

① 棒老二:土匪。

一群狼围了过来。他只顾逃命，没来得及带走褡裢。这群狼将被害人拖进山洞，吃了肉，褡裢留给了老狼。

就这样，老狼为医生澄清了冤屈，抓到了凶手。县官当场释放了医生和老狼，下令将凶手押进死牢，秋后处决斩首示众。

故事小火花

老狼为了答谢医生治病之恩，送了医生一个装有麝香和金烟袋的褡裢，结果反而为医生带来灾祸。还好狼通人性，在县官的帮助下，为医生证实清白，把真正的凶手绳之以法。

知道中国，多一点

麝香：雄麝的分泌物，既是高级香料，也有重要的药用价值。麝香非常名贵，在古代可作为熏香，也是上好的药品，其药理药性在中国的多部古书中都有记载，还被文人墨客制成麝墨，使字画芳香清幽。麝香至今仍然被广泛地使用，不过我们已经可以通过人工养殖和人工合成的方式取得麝香。

日积月累

种田靠年成，做人靠良心。——谚语

好心的小徒弟

讲述者：孙兆和（58岁）/ 采录者：倪单兰 / 采录时间：1960 年 / 采录地点：吉林省集安县

很久很久以前，山里有座庙，庙里住了两个老道，他们一年到头在庙里待不了几天，净在城里游逛，吃喝玩乐糊弄钱。有一年，来了一家逃荒的，带着个十二三岁的小孩儿。老道相中了这个小孩儿，花言巧语地一顿说，家人就把小孩给留下了，做了他俩的小徒弟。

两个老道本来就懒，有了徒弟，更是啥活儿也不干了。小徒弟天天挑水、做饭、扫院子，还得侍弄庙旁那块山坡地，有一点儿干得不好就得挨打。小徒弟身上被打得青一块紫一块的，没一处好地方。

这一年，两个老道又出去骗钱了，就剩小徒弟在家。偏赶上年成不好，颗粒不收，两个老道在外边一合计：回庙也没啥吃的，就在外

边混吧。那小徒弟嘛，管他呢，饿死就饿死，穷人家的孩子有的是，死了再找一个。

两个老道不回来，小徒弟在家没啥吃的。先是吃糠皮子煮野菜，后来吃树皮草根。小徒弟饿得黄皮寡瘦的，走路直打晃儿。想走吧，这跟前没认识人，投奔谁去？

这天，小徒弟饿得不能动弹了，就在炕上躺着。忽然从门外跑进来一帮小孩子，有十来个，活蹦乱跳的，都是一样打扮。他们一进门就喊："小师父，小师父，出来玩呀！"小徒弟问他们："你们打哪儿来呀？"小孩儿们说："咱们是邻居，我们就在你们跟前儿住。"小徒弟说："我都饿得起不来了，还咋玩儿？"那帮小孩儿说："我们去给你找点儿吃的。"说着呼啦一下子都走了。不一会儿，这帮小孩儿都回来了，领头的那个挎个小筐，里头装的净是些手指头那么大的小白石头子儿，这帮小孩儿七手八脚把小白石头子儿倒进锅里煮上了。不大一会儿，掀开锅一看，都煮开花了。小徒弟拿了一个捏捏，软软的，放进嘴里尝尝，面糊糊的，又香又甜，吃不了几个就饱了。从这以后，每天吃完早饭，这帮小孩儿就来找小徒弟玩，一直到日头下山才走。

日子过得挺快，眼看又到了春暖花开的时候了。小徒弟一琢磨，师父也该快回来了，就跟这帮小孩儿说："我师父快回来了，他俩可邪乎了，要知道我天天净跟你们一块儿玩儿，那可就糟了！"小孩儿们说："别怕，你师父什么时候回来，我们都能知道，到那时候我们就不来了。"

没过两天，两个老道真的回来了。走在道上，两个人还寻思着，这回那小徒弟不饿死也得饿跑了。回到庙里一看，小徒弟吃得白胖白胖的。两个老道挺纳闷儿，问小徒弟净吃啥来着。小徒弟不会撒谎，就告诉他们："我吃的小石头子儿。"老道说："净瞎扯，那玩意儿能吃吗？"上去就给小徒弟两巴掌。小徒弟说："你们不信，锅里还剩好几个呢。"老道拿过来一尝，还怪好吃的呢，就追问小徒弟是从哪儿弄来的。小徒弟说是一帮小孩儿送给他的。两个老道一听，觉得怪呀，这跟前儿没有人家，哪儿来的小孩儿？准是棒槌变的。又问小徒弟："这些小孩儿还来不来？"小徒弟说："你们俩要不回来，他们就能来。"

两个老道一想，鬼主意就来了。第二天他们假装又要下山，临走时交给小徒弟一根针、一团线，叫他等那些小孩儿再来的时候，把针别在他们身上，他们交代完就走了。小徒弟听了师父的话，知道师父没安好心，可是要不依师父的话，他们饶不过自己。正在左右为难时，这帮小孩儿又来了，还问他挨打没有，他们照样玩了起来。眼看日头要落了，这帮小孩儿又张罗要走。小徒弟说："我送你们一骨碌①吧。"一送送出去老远。临回来时他犯愁了，师父告诉的事没给办，一定得挨揍，有心把针线扔了，又怕师父回来没法交代。正好，旁边有一棵爬山虎，小徒弟来招儿了，把针别在爬山虎的叶子上，扯着线头回来，把线头往门框上一拴，就干自个儿的活儿去了。

不大一会儿，两个老道回来了，一进院就问："那帮小孩儿来过没有？"小徒弟说："来过。"老道问："把针线给他们别上没有？"小徒弟说："别上了。"两个老道一听，乐够呛，也顾不得天黑不黑，路好不好走，捋着线就往山上跑。由于跑得太急，摔得鼻青脸肿的。好不容易摸到爬山虎跟前，抠了半天，把爬山虎根子抠回来了，一到家就煮上了。煮好以后，两个老道都怕自个儿吃得少，也不管烫不烫手了，捞出来就咬了一大口，一吧嗒嘴，恶苦恶苦的，有心想吐出来，又舍不得。捏着鼻子，好歹算咽下去了。吃完，肚子疼得要命，拉了好几天稀。两个老道心里犯疑，追问小徒弟好几遍，小徒弟一口咬定是别在一个小孩儿身上了。两个老道还不死心，不管他是棒槌精还是爬山虎精，反正得想法把他们全收拾住。

小徒弟一听两个老道还打算害这些小孩儿，就抽空儿给小孩儿们送信，说："你们可千万别再到庙上去了，我师父要算计你们呢！"小孩儿们一看小徒弟心眼儿真好，就跟他说："大哥呀，你今年都十五六

---

① 一骨碌：一段儿。

岁了，别老在这儿受他们的气。我们给你点儿东西，回去过个好日子吧。明儿个早晨你早点儿上这儿来。从这往东走，有个大石砬子，砬子底下有个泉眼，我们送给你的东西就在那儿呢。"

第二天，小徒弟就照他们说的那地方找去。到砬子跟前一看，真有个泉眼，"咕嘟咕嘟"往外直冒水，可清凉哩。小徒弟朝四下看看，什么东西也没有。他有点儿渴了，趴到泉眼边想喝点儿水。刚往前一抻脖子，吓得"妈呀"一声，爬起来就往回跑。原来水底下有条大长虫。这工夫那帮小孩儿也不知道从哪儿出来了，呼啦一下就把他围上了。有个小孩儿下水把那个玩意儿捞出来，一看，哪里是长虫，是苗挺大的棒槌，须子长得拖着地。小徒弟刚把这苗棒槌接过来，泉眼的水就干了。小孩儿们告诉他，这是一苗龙参，是件宝贝，不管天多旱，挖个坑把它埋里边，就能往外冒水。

说话工夫，天也不早了，小徒弟说："我该走了。"小孩子们拉着他的手，把他送下了山。

小徒弟在一个村子里落了户。他人好，又能干活儿，大伙儿都愿意帮他的忙。过了几年，说上了媳妇，日子过得挺好。遇到干旱天头，小两口把这苗龙参拿出来，那水顶得上很多口井，大家都用这水浇地。

故事小火花

老道没安好心，不但经常虐待小徒弟，还想加害小孩子的性命，幸亏小徒弟聪明，把针别错了地方，让老道吃了几天苦头，然后通知小孩子们快逃走。小徒弟的善良使他得到了可以出水的龙参，自己摆脱了老道，过上了幸福的生活。

知道中国，多一点

人参：棒槌就是人参，人参被中国人民所熟知和喜爱。人参是名贵药材，被称为"百草之王"，多用来制成药品和保健品。因为人参形似人形，所以在传说中，人参会变成白胡子老头、美丽的姑娘，或者可爱的小孩子，在出产人参的东北地区，流传着很多关于人参的丰富多彩的民间故事。

日积月累

鲜花盛开的地方蜂蝶多，心地善良的人朋友多。——谚语

好心的姆莎（回族）

讲述者：单文华（51岁）/ 采录者：苏兰菊 / 采录时间：1987年 / 采录地点：甘肃省静宁县

传说在静宁的一个地方，有个圣人从十里河赶来清真寺讲授经义。这天，圣人讲到"救济别人一分钱，胡大会赐给你十块钱"时，有一个富人家十六岁的儿子姆莎刚好路过这里。姆莎听见圣人讲的话，急忙告诉了他的爹娘，他爹听姆莎说是圣人讲的，就说："好吧，我们就多救济别人。"

从那以后，姆莎全家人经常救济穷人，不到五年的工夫，一个富汉家的财产抖得光光的。这时姆莎已过二十岁了，该是娶媳妇的时候了，但谁会跟他这个穷光蛋呢？没有法子，他爹便给他装好干粮，让他去问圣人，为什么他们救济了那么多的穷人，可胡大就是不给他们赐福给运。姆莎跑到寺里去问阿訇①，阿訇说："你到十里河去问圣人去。"

第二天姆莎便起身了，他走呀走，走了三天三夜，被一棵大树挡住。一位老汉正准备砍这棵树，看见他走过来，就问："小伙子，你急急忙忙干啥去？""我去十里河找圣人。""有啥事找圣人啊？""我爹让我去问圣人，为啥我们救济了很多的穷人，家里穷得连媳妇都娶不上，胡大还是没赐给我们一块钱。"

"啊，主啊！"老汉在胸前做了个"色俩目"动作，说："既是这样，你能不能给我也捎个话，我的这棵果树长了十几年，就是没结一

---

① 阿訇：伊斯兰教主持念经的人。

个果子，若圣人说会长果子，我就不砍它了，若圣人说不长果子的话，我就砍了它。""好吧！"姆莎说完便赶路了。

走啊走，又是三天三夜过去了。这一天姆莎对面走来了一个老妇人，问他："小伙子，你干啥去？"姆莎说："我去找圣人，他说救济别人一分钱，胡大会赐给你十块钱；我们家为救济别人穷得连媳妇都娶不上，胡大还是没赐给我们一个钱。"

"噢，原来是这样，那你给我也捎个话行吗？"妇人说，"我有个女儿是个哑巴，人家都嫌弃她，不知圣人有没有办法叫她会说话。""好吧！"姆莎说完又急急赶路了。

姆莎走呀走，走到一条大河边，水流湍急，没有船，姆莎坐在河岸愁眉苦脸地望着大河。忽然，他听到一个声音在问他："小伙子，你为啥愁眉苦脸的？"姆莎找了半天才看见是一条鱼。"我去找圣人。"姆莎说。"你找圣人有啥事？""我爹让我问圣人，为啥我们救济别人穷得连媳妇都娶不上，而胡大不赐我们一块钱？"这条鱼说："我驮你过河，不过请你帮我也捎个话，一些鱼脱离了水，转生为人，我为啥不能脱离水转生为人？""好吧！"鱼就驮他过了河，姆莎又赶路了。

姆莎又走了两天，走到一个地方，有一间屋，门上写着经文，姆莎一看就知道是圣人的住处。他急忙跪下并用双手在脸前捻抚了一下说："胡大呀，你能回答我几个问题吗？"圣人说："行，门上写着三个字，你只能提三个问题。"可我有四个问题呀，姆莎想了一下，干脆说他们的吧，于是圣人回答了他提的三个问题。

姆莎往回走，来到了那条鱼所在的河边，他对鱼说："圣人说了，将你眼里的两颗夜明珠一挖，你便会脱离水了。"这条鱼高兴得活蹦乱跳起来，它将夜明珠挖下来对姆莎说："你帮了我的忙，这两颗夜明珠归你吧！"姆莎接过拿上，这条大河变成一条小河，姆莎毫不费力地过去了。

他又走了一些时候，快到那个老妇人的家时，那位哑姑娘跑了过去喊："爹，捎话的人来了。""咋回事？"她爹听见女儿说话了，惊奇得老半天没说出话。这时姆莎已经在敲门了，老妇人开门，姑娘的爹问："圣人咋说的？"姆莎说："圣人说，哑姑娘见了丈夫会自己开口说话。""噢，看来是胡大造下了。"他们就把女儿嫁给姆莎。姆莎谢过老两口，就带姑娘回家去。

　　当姆莎带着姑娘，怀里揣着两颗夜明珠离开老妇人家时，一转眼就到了那棵树底下。那个老汉看见姆莎回来了，连忙问情况，姆莎说："圣人说了，你的树底下有两罐金子，挖掉金子果树就会结果。"老汉听了这话，连连摇头说："小伙子，你是在哄我老汉吧？这棵树我每年挖一遍，上一遍粪，从没挖出过金子。"姆莎一听，蹲下身子用手刨了一会儿，就端出了两罐金子。老汉对姆莎说："小伙子，是你替我捎的话，这一罐金子你拿回家去吧！"

　　姆莎带着姑娘，揣着夜明珠，端着一罐金子，高高兴兴地回家了。

故事小火花

　　姆莎一家人好心，不断接济穷人，姆莎去问圣人的时候，为了能帮别人要到答案，放弃了自己的问题。善良的姆莎有了好报，得到了夜明珠，挖来了金子，还娶到了姑娘。

知道中国，多一点

　　胡大： 穆斯林（信奉伊斯兰教的人）的主宰，也被音译为"安拉"，或译为"真主"。我国有维吾尔族、哈萨克族、回族等十个少数民族信仰伊斯兰教。伊斯兰教要求人们应该顺从真主胡大，崇拜胡大，敬畏胡大。"色俩目"是穆斯林的问候礼，意为"愿主佑助您平安"或者"平安与您同在"，相当于汉语的"您好""您也好"。

日积月累

> 一片忠诚是长寿之本，满怀善良是快乐之源。——谚语

国王和乞丐（藏族）

讲述者：扎西 / 采录翻译者：塔热·次仁玉珍 / 采录时间：1989 年 / 采录地点：西藏自治区聂荣县

在青稞像金子一样稀少的时候，有一个拥有很多很多青稞的国王。在王宫前的灰堆边上住着一个乞丐，他每天出去讨饭回来养活老母，可他除了讨到一些肉食、奶渣之类的东西外，怎么也讨不到一粒青稞，母子俩甭说吃糌粑，就连闻一下糌粑的味都不能。乞丐看着母亲脸上的皱纹一天天增多、加深，心里简直像针扎那样难受，他只好壮起胆子，到国王那里去讨青稞。乞丐的孝心感动了国王，国王背着他吝啬而嫉妒的弟弟，赐给乞丐一些青稞。

乞丐如获至宝，背着青稞边唱边跳地往回走。走到半路不慎跌倒，青稞全撒到地上了。乞丐痛心得涕泪四溅，趴到地上去捡，可他那粗笨的手怎么也捡不完地上的青稞，他哭着捡着，不知不觉地太阳已落山了，再也看不见青稞了。无奈，他长吁短叹地反枕双手仰面躺在地上，疲惫饥饿的乞丐很快睡着了。他蒙眬地看到当天撒在地上的青稞长出青苗了，黄昏时长出一尺多长，天黑后长成一人多高，半夜里完全成熟了，金黄色的青

稞飘来一股股诱人的清香，他喜悦地等待着天亮收获。

天亮后，乞丐一觉醒来，看见青稞已被人割走，颗粒未剩，急得他捶胸顿足。忽然，他在雪地上发现了一个很大的脚印，乞丐跟踪寻去，来到一个巨大的山洞里。洞中有各种丰富的食物，他的青稞也堆放在山洞的一角，洞的正中有个牦牛大的土灶，灶上置放着一口不大的铁锅，里面放着一只金勺、一只银勺和一只螺勺；灶基下有个可容一两个人的空腔，山洞的最深处有一对石磨。但奇怪的是，这洞中除了这些东西外，没有一个人，整个山洞静得可怕。然而，那乞丐并不害怕，他饱饱地吃了一顿，左等右等也不见有什么人归来。

不一会儿，土灶上面动了一动，下面响了一响，掏火棍子跳了一跳。乞丐感到事情不妙，迅速钻进灶腔里，悄悄地观察动静。这时，一个熊头猪眼的巨怪走进来："怎么，今天家中人味狗味这么浓，好像来了黑头虫？"他自语着在洞内左看看，右瞧瞧，来回踱了几回，然后坐在一张熊皮垫上，好像在等什么。

而后，又是土灶上半节动了几下，下半节响了几次，火棍嚓嚓地跳了几下，接着进来了一个大耳魔。他一个耳朵披在身上，另一个耳朵拖在地上，卷着灰土走进来，说："哎，人狗气味这样浓，好像来了黑头虫。""是啊，我也有这种感觉。"熊头魔说。话音未落，土灶上段又是在动，下段又是在响，烧火棍又在跳，一个红发魔骑着一头无角的秃头牦牛来到了洞内。三个可怕的怪物聚在一起，几乎同时问："今天我们吃什么晚饭？"他们面面相视了一会，最后，还是熊头魔说："我们还是吃交拉玛古①吧。"于是大魔拿金勺，二魔拿银勺，三魔拿螺勺，他们三个围着土灶，往那灶上的空铁锅中同时搅了三下，立刻出现了满满一锅热气腾腾的交拉玛古。他们连碗都不要，就开始大口大口地吃起来，直到吃得精光为止。

---

① 交拉玛古：即用酥油煮的糌粑浆。

睡觉前，大魔对另外两魔说道："今天这洞里的气味有些异常，为了防止黑头虫来，要做三个不大不小一人高的柴火堆，如果夜里有什么动静，就把柴堆点上火，燃完一个再点一个。"他们做好三个柴火堆后，一个个倒地而睡，鼾声如雷、震耳欲聋。

乞丐悄悄从灶腔中钻出来，伸手拿起那三个奇勺，不小心"叮当"地响了一下，惊醒了正在甜睡中的三个魔鬼。"快去点火，抓住盗贼！"熊头魔大声喊叫着点燃了柴火，但乞丐钻进灶腔里，没有被发现。魔鬼们慌慌张张地在洞内找寻了一遍后又入睡了。

乞丐趁机带上宝锅，拿上三个勺悄悄走出洞，直朝自己家里跑去。从此母子俩靠这四件宝物，过上了幸福美满的生活。

有一天，乞丐为了报答国王当初的赐粮得福之恩，让宝锅煮了各种丰美的食物，请国王前来享用。国王吃了，觉得乞丐家的这些食物味道比王宫里的膳食还美几倍，于是国王问道："你一个乞丐家中，哪里来的这么多美味食物？"憨厚的乞丐怎敢说谎，他把事情的经过一五一十地告诉了国王。国王听后，点点头说道："太好了，往后你们母子的生活就不用发愁了。不过，你们还是保密着一点，不要随便对外人讲此事为好。"

乞丐母子虽然遵从国王的忠告，但是，他们的秘密还是被全部落的人知道了。

那吝啬而嫉妒的王叔听说穷得叮当响的乞丐从恶魔那里夺得了四件奇宝，不由燃起了满腔的妒火，咬牙切齿地自语道："连那穷鬼都能夺得魔鬼的宝锅和勺，我一个堂堂的王叔何不把整个魔鬼宫都抢过来？"于是，他就去抢魔鬼宫。结果他还不知道魔鬼宫门在哪里，就被三个魔鬼捉去吊在梁上，每天吸他身上的血。

王弟去了几天不归，急得国王坐立不安，只好去求乞丐帮忙。乞丐看在老国王往日对他不错的分上，答应去救王弟。

乞丐腰里插着骨号，大踏步地向魔洞走去。他走到魔洞门外，就听到从洞内传出凄惨的呻吟声，进洞一看，原来那个国王的弟弟被倒挂在高高的洞梁上，身上的血几乎被吸干了，腿上的肉被割去了好几块。乞丐放下王弟并给他喂水，正在这时，那魔灶上段动了几下，下段响了几次，掏火棍跳起来。乞丐知道魔鬼回来了，手拿骨号躲在洞边。这天，三个魔鬼各骑怪兽同时归来，一路上已商量好了当晚如何分享王弟肉的事。当他们来到洞口，准备下坐骑时，冷不防被乞丐吹来的骨号惊得狂奔乱跑起来。有的掉进深崖，有的投入湖中，有的被摔得粉碎。就这样，作恶多端的三个魔鬼失去了性命。

故事小火花

乞丐逃到魔鬼住的山洞以后，冷静机智，保全了性命，得到了宝物，过上了幸福美满的生活。而王叔却吝啬而嫉妒，莽撞地去山洞抢宝物，反而被魔鬼抓住，要不是被乞丐所救，还会丢了命。

知道中国，多一点

青稞：长在我国的青藏高寒地区，具有悠久的种植历史，是我国藏族人民的主要粮食作物。青稞营养丰富，可以酿制成青稞酒，青稞制成的糌粑是藏族人民的传统食物。藏族人民深深喜爱着青稞，流传着很多青稞的故事和歌谣。

日积月累

药医不死病，佛度有缘人。——谚语

图小利大事不成

讲述者：王永生（66岁）/ 采录者：王荣春 / 采录时间：1986 年 / 采录地点：黑龙江省木兰县

从前有这么个哥俩，老大啥便宜都占，日子过得还行。老二忠厚老实，是个穷光蛋，以打柴为生。老大娶妻张氏，老二娶妻王氏。

这一天，老二上山砍柴，往回走迷了路。说不上走出多远，觉着饿了，一阵头晕，非常难受。心想：要是有个人家，躺一会儿多好哇。抬头一看，有光亮，仔细一瞧，是座庙。于是叩门，里边有一个小童说话："谁呀？"

"是我。"老二说。

"你要干啥呀？"那个小童问他。

"天晚了，迷路了，回不去家了，想借住一宿。"

"你叫啥名字？"那个小童又问。

"我姓赵，叫赵连芳。"

"等我进去问问师父。"小童说完就进屋了。不多一会儿，回来开门，说："请进吧。"

进屋一看，小童师父是个小老道。进了禅堂，按主宾坐好，端上菜来。吃喝当中，小老道又把他盘问一番。

第二天一早起来，赵连芳便连连道谢告辞。小老道看赵连芳心地善良，忠厚老实，打柴度日太辛苦，就说："赵连芳，念你为人正直，生活贫寒，我给你做个小泥人儿。你上庙的西北角上抓把土来，再上东南角的水窨子里舀一瓢水来。"

完了，小老道就捏了个小泥人，有二寸多高，取名叫小利，晾干了，叫赵连芳揣在怀里，说："你要什么，它就会给你什么。"

走到外面，他心里想：这玩意儿准不准？试试好不好使。就说："给我来点包子馒头大饼子。"真就来了。吃饱了，他说："收了吧。"就都没了。于是他揣起小利走了。

回家一看，他老婆把小舅子找家来做伴儿了。他小舅子问他："姐夫，你咋才回来呀，都把我姐吓坏了。"

"唉，迷路了，走进庙里呀，老道给我做了个小泥人儿，取名叫小利，跟它要啥有啥。"说着顺兜里掏了出来，说："来包子，来饺子，来菜！"

"唰"，八仙桌自己就放上了。包子、饺子、四个小菜押桌就上来了。

他小舅子纳闷，有点不信。他姐夫又说："这房子我不要了，要三间大瓦房，家奴院公、鸡鸭鹅狗。""唰"，全来了。

他哥早起来一看，呀！这是咋回事？就去问弟弟。他弟弟实话实说，咋回事咋回事的，根儿蔓儿说了一遍。他哥哥赶忙回家跟媳妇说了。张氏说："你真完蛋。急啥？你也学着上山砍柴，也迷迷路，找那老道给捏个泥人儿，不是也要啥有啥了吗？"他哥哥说："可不是嘛，就这么办。"

第二天，他哥哥也去砍柴，也迷路，也去找那老道。老道也答应给他捏小泥人儿，也叫他上西北角抓点儿土，上东南角舀点儿水。他可好，一下子整了一大簸箕土，一桶水，做了个大泥人，三尺多高，晾干了，取名叫大事。没法拿，背着吧，就走了。走了一段路，他寻思也得试试好不好使，就说："给我来包子，来饺子，来菜，四个凉的四个热的。""唰"，全来了。吃饱了，说："收了吧。""唰"，全没了。

说这话是第三天了。弟弟家已经是家财万贯，金银成山，牛羊成群，啥啥都不缺了，就要把小利送回去了。半道碰上了他哥，看他身后背个大泥人儿，累得上气不接下气。一打听，都走了一天一宿还没到家。他哥一见他弟弟，就问："你干啥去？"

他弟弟说："还老道的小泥人儿去。"

"别还,别还。给我吧,我都要。"他哥急忙说。

他弟弟说:"那可不行。"

"咋就不行?"他哥说着就上去抢。弟弟一看,赶忙跑。他哥就在后边追。追来追去,追到一个猪圈跟前,那猪圈里才臭呢。小利"嗖"一下蹿进去了,老大急红了眼,跟进去抓,没抓住,一扑,连人带大事一起扎进去了。等到他站起来擦擦脸,睁眼一看,小利早跑没影了。这才猛地想起身上的大事。回头一摸,坏了,大事也没了。赶紧俩手一起伸进屎汤子去摸。"完了",大事早泡成一摊泥了。

他弟弟站在猪圈外边,叹口气说:"唉,图小利大事不成啊!"

故事小火花

老二心眼实诚,得到了老道送的泥人小利,过上了好日子之后,知道适可而止,要把小利还给老道。与老二相比,老大太爱占便宜,太过贪心，明明有了大事，还想贪图小利，结果两头都没捞上，落得一场空。

知道中国，多一点

歇后语：大事是泥土做的，所以在猪圈里就化成一摊泥了，中国有句歇后语：泥菩萨过河——自身难保。泥菩萨也是泥土做的，所以在水里就会化掉，这句歇后语比喻连自己都保不住，怎么还有能力去管别人。歇后语具有鲜明的民族特色和浓郁的生活色彩，有很多有意思的歇后语，例如：水仙不开花——装蒜；哑巴吃黄连——有苦说不出；千里送鹅毛——礼轻情意重。

日积月累

人心不足蛇吞象。——谚语

第3篇 为善最乐,作恶难逃

害人终害己

采录者：纸李文化站 / 采录时间：1987年 / 采录地点：陕西省临潼县

临潼县城东边，流传着这句话："害人终害己，害来害去害自己。"这是咋回事，听了下边这段故事，你就明白了。

相传渭河南岸有一家兄弟两人，老大到外面做生意，一去就是十几年，老二在家务农。有一天，老二的儿子和侄儿黑蛋打架，侄儿比他娃大三岁，他见自己娃吃了亏，就打了侄儿两个耳光；老大媳妇见老二打了自己的娃，就哭着和他吵起来，说道："你哥不在家，就这样欺负我娘儿俩。"邻居听见吵声，把他们各自劝了一阵。

晚上，老二睡在炕上对媳妇说："哥哥一去十几年不回家，一定生意兴隆。"媳妇说："说不定另娶人了，或许都有了孩子，还说不定死在外边了。"老二说："如果真是那样的话，咱就可以把嫂子卖了，把侄儿给人，那全部家当就都是咱的了。"媳妇说："对呀，你明天就快去。"

第二天，老二对嫂子说："我哥去了这么多年没有回家，我想到口外去看看，把黑蛋也带上，如果大哥的生意好，就把侄儿留在那儿帮个手。"嫂子只好同意。

阳春三月，风和日暖，老二领着黑蛋，背起褡裢走上西去的大路。走了四五天，来到一个小镇，住在店里。老二一心要把黑蛋扔掉，就对他说："你在这等着，二大①出去办点事。"老二丢下侄儿，一个人去找老大。几天后，兄弟相见，好不高兴，叙说了一番离别之情，老大

---

① 二大：二爸，二叔。

说:"这里的生意很忙,一直抽不开身回家看望。"老二说:"侄儿长大了,嫂子也很好,家里有小弟在,你只管放心做生意。"老大说:"哥哥不在,你嫂子和黑蛋都靠你照管,这次来多住几天,好好游一游。"老二口里支吾着,心想黑蛋早饿死了吧!就说:"快收麦了,我还得马上赶回去。"老大知道家里没人,也没有勉强留弟弟。第二天一早,他备了一桌酒菜为弟弟送行,临走还给他三十两银子,并叮咛让给他嫂子十两。

再说黑蛋在小镇上等到天黑,也不见二大回来,只好在镇上要饭,一直到第三天,黑蛋看实在等不到了,就一边要饭一边向西走,找他二大。一个月后,黑蛋要饭来到父亲的店门前,老大听这娃口音是陕西人,就问黑蛋从那里来,为啥要饭。黑蛋把前后经过向他讲了一遍,老大忙问:"你叫啥名字?"黑蛋说:"我叫黑蛋。"他又问:"你二大叫啥?"黑蛋说:"叫二牛。"听到这里,老大急忙拉着半人高的黑蛋说:"娃呀,我就是你父亲。"叫人赶快给娃做饭。

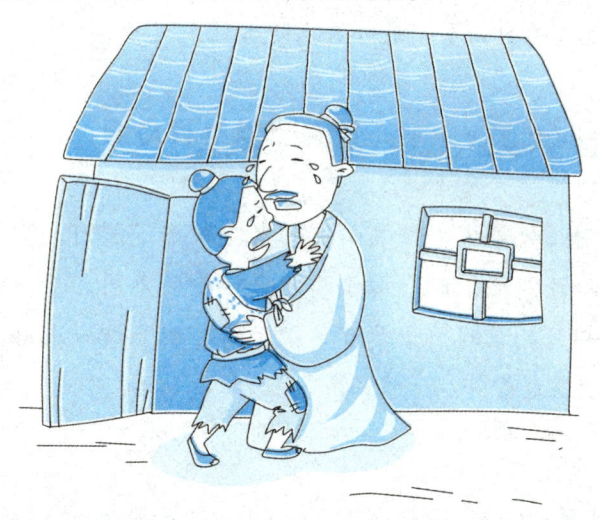

老大越想越生气,越觉得不对劲,不知弟弟在搞啥鬼。晚上他把店里事托付手下人照管,第二天就引着黑蛋往回赶。回到村里,老大没有回家,先到他舅家打听家里的情况。他舅一见老大很吃惊,说:"老二今天来说:他从你那才回来,说你已经死在外边了,他说把你媳

妇卖了五石麦，今晚就过人哩。"老大一听，气得眼里直冒火花，马上领着黑蛋往家走。老二一见大哥和黑蛋回来了，知道事情败露，急得像热锅上的蚂蚁。正在这时，人贩子过来要人，没办法，他只好用自己的媳妇去顶替。老二觉得做下昧良心的事，实在对不住哥、嫂、侄儿和自己的媳妇，以后还有啥脸见人呀！想到这里，他跑到父母的坟前大哭了一场，跪着说："爹娘呀，儿今日才知道：害人终害己，害来害去害自己。"说完，一头栽进渭河里死了。

故事小火花

老大老二是兄弟，老大离开家后，亲弟弟老二不但没有照顾好嫂嫂和侄子，反而起了歹心，扔掉侄子黑蛋，准备卖掉嫂嫂。幸亏黑蛋遇到了父亲，父子俩及时回家，救下了马上要被卖掉的母亲。老二丢了媳妇，还羞愧得自杀了，最终害人终害己。

知道中国，多一点

泾渭分明：故事中，做贼心虚的老二跳进了渭河。渭河是黄河的支流，渭河和泾河交汇时，由于两河含沙量的不同，呈现出两河一清一浊、互不相容的景观，于是有了"泾渭分明"这一成语，形容优劣分明、是非明显，等等。

日积月累

造福之人常常在，作恶之人在眼前。——谚语

桦皮匣里的德都（赫哲族）

讲述者：尤卢氏（67岁）/ 采录者：马名超 / 采录时间：1982年 / 采录地点：黑龙江省桦川县

很久很久以前，有个叫辛芬德都的小女孩，生下来就没爹没妈，跟随哥哥嫂子过日子。哥哥成年打猎，背回的狍子呀，鹿呀，罕达犴呀，都搁在小下屋里，嘀里嘟噜挂满仓房。

小妹不跟哥嫂一屋住，单给她修了一间四脚木柱的塔古通。哥哥打完野牲口回来，总给妹妹从每个野兽身上挑好的地方割下一块肉。一来二去的，让嫂子知道了。她暗地查看着，为啥丈夫打回的野牲口，总缺一块肉呢？

这一天，嫂子就问她哥说："总是少块肉，咋回事？"哥哥待答不理地说："背不动，半路上扔啦。""都扔哪儿啦？""到哪儿就扔哪儿了。"

哥哥平常出门，总穿件皮卡茨吉①。嫂子瞅他不在意，暗中在后底襟儿上插根线儿。丈夫在前边走，她就后边放线儿，顺着往前瞄。约莫离家二里来地，有座木楼，见丈夫进去了，嫂子捋捋线，回家了。

过了两三天，哥哥进山打狍子去了。嫂子换件衣裳，去到那个木楼，见妹妹辛芬德都正洗脸呢。嫂子就说："妹子，我来接你来啦。想给你哥剪件皮卡茨吉，我不会剪，你去帮把手吧！"

妹妹难住了，她讨厌嫂子，不乐意去。思谋了半天，才粗粗洗把脸，连换下的衣裳都没叠，窝巴窝巴扔炕上，就跟嫂子走了。

---

① 皮卡茨吉：赫哲语，皮袄。

"来，炕里坐，我给你和面，做托哄宴①吃吧。"

妹妹一看，哥哥不在家，就问："哥哥今儿个不回来？"嫂子说："今儿不回来了。"

托哄宴炒好，端上了桌子。妹子见每个托哄宴上都插几根绣花针，又不敢不吃。吃下头一个，还不咋的；吃下第二个，妹妹扎得心生疼，躺在地上直打滚儿，不大工夫就咽气了。嫂子开门吆喝："舍温格格！舍温格格！"

随着喊声，进来一头浑身斑点儿的大角梅花鹿，头顶上挂着个剪花镶云的桦皮匣子。这是辛芬德都从小在家饲养的，一直伴着她，走哪儿跟到哪儿。嫂子见舍温格格进来，便揭开桦皮匣盖儿，把妹妹装进桦皮匣，盖上盖子，对梅花鹿说："她一小喂你长这么大，把她扔进老山老峪里去吧！"

嫂子把桦皮匣绑好，让梅花鹿把妹子驮走了。梅花鹿来到荒草野甸，轻轻把桦皮匣搁在大青石上，就卧在辛芬德都身旁，抽抽噎噎地淌眼泪。

近旁没有人家，不知怎么那么巧，忽然来了个老头。他来到大青

---

① 托哄宴：赫哲语，用面粉、鱼油、鹿油制成的面团状食品。

石跟前，猛然看见一只大鹿，把他喜坏了。走近一看，怎么还出来个桦皮匣子呢？朝里一瞅，里面有一个姑娘。老头回去跟老婆说了。老两口正好没儿没女，老婆这下乐得没法说。可是，老头寻思一下说："唉！人都死了，还要她干啥？"

老婆婆拗着性子说："死了也要去看看！"

老两口去到山里，把桦皮匣子抬回来，抱出辛芬德都，搁在小北炕上，铺起狍皮褥子，扶她坐着，给她灌点水喝。又拿来烟袋、荷包搁在她旁边。老婆婆轻轻吆喝着："姑娘，睡觉吧。"

老两口隔屋住着一户人家，有个儿子。那小孩子听说西屋捡个姑娘，忙跑来看稀罕儿。不知怎的，那小子看罢，回来就哭个不停。爹妈问他要啥，他说啥也不要。那么哭啥呢？问来问去，小孩说："那屋有个姑娘长得太好看啦，我就要那个姑娘。"可是，细一打听，姑娘是从荒郊野地捡来的，早断气啦。小子撒泼打滚，非要不可。西屋老两口一寻思：给就给吧，兴许能活过来呢。就这样，两个老人高兴地答应了。到了晚上，老婆婆亲自给她脱衣裳，铺炕盖被的，清早给她温洗脸水。揩揩擦擦，见她一天比一天活润，手指头都是金霍霍的，粉脸蛋也越来越红扑扑的，长得好看极了！

这一天，姑娘翻个身，吱声了，把带血丝的托哄宴"哇"的一声全都吐出来了。老婆婆搂巴搂巴装烟口袋里，让梅花鹿叼着扔野地里去了。辛芬德都睁眼一看，问道："我这是怎么了？"

老婆婆见她活过来，会说话了，就让她哭个够，伺候她睡下了。第二天，让老头儿把他怎么捡了她由头到尾说了一遍。以后，辛芬德都就跟那小子过日子了。

辛芬德都总惦记着去找哥哥，就让那小子收拾个三叶板子①，拿足了吃喝，就去找哥哥。她婆婆也要去，拾掇了一船，就走了。

回到原来的家，嫂子正好不在，哥哥老得头发漂白漂白的，都不

---

① 三叶板子：即舢板船。

认得妹子了。辛芬德都满脸流泪："我就是你的妹子呀！"

哥哥一听，抱住妹子呜呜地哭起来，再把她嫂子使的烟口袋找出来，一看，上面扎着几根又尖又亮的绣花针。哥哥又气又恨，把心狠手辣的嫂子赶出了家门，再也不许她回来了。

从此，兄妹才得团圆。

故事小火花

嫂嫂太狠心，不但没有好好照顾父母双亡的妹妹，反而想害妹妹的性命。辛亏妹妹被好心人救了，和哥哥团圆了，恶毒的嫂嫂活该被赶出家门。

知道中国，多一点

赫哲族：故事中的妹妹、哥哥、嫂子等，都是赫哲族。赫哲族是生活在我国东北的少数民族，历史上以打鱼和狩猎为生。故事中，妹妹住的塔木通、吃的托哄宴，哥哥穿的皮卡茨吉，嫂子用的烟口袋，曾经都在赫哲族生活中很常见。赫哲族多世代居住在大江流域，有很多鱼做的美食，鱼皮衣是赫哲族独有的民族服饰。

日积月累

　　心地善良的人，宁可背苦债；人面兽心的人，情愿背血债。——谚语

顺女的故事（朝鲜族）

讲述者：金玉凤（56岁）/ 采录者：杜国成 / 采录时间：1986年 / 采录地点：黑龙江省海林县

从前有那么一户人家，只有阿巴基带着女儿顺女过日子。阿巴基是做买卖的，整天出门，也不能总领着闺女呀，就给顺女找了个后妈。后妈还领来一个女孩儿。后妈可恶毒了，对顺女一点也不好，总是鸡蛋里挑骨头，没事也得找事打她一顿，反正总是瞅顺女不顺眼。后妈领来的女孩儿呢，也不仁义，跟她妈差不多，跟着瞎搅和，在一旁添油加醋的。

这年冬天，后妈上顺女睡觉的屋子来了，一进门就吵吵："不死的小杂种，光在家待着，你不怕吃饱了撑死吗？"顺女说："阿妈，我不是刚坐这儿吗？"后妈喊起来了："我今天要吃又鲜又嫩的米那里[①]，今儿个就得给我采回来。"正是结冰下雪的寒冬腊月，上哪儿去采呀？这不明摆着把人往死道上逼吗？可怜的小顺女，上哪采去呢？

顺女沿着河沿儿找啊，找啊，朝前看是白茫茫一片，往后看还是白茫茫一片，哪有啊？顺女找啊找，从大清早找到晌午，从晌午找到傍晚，能找到吗？连累带饿，她就昏倒在河沿上了。

这条河上有个河神，河神有个儿子是条金龙，这天金龙变成人，也到河沿上来玩耍。呀！他猛地看见前边躺着个姑娘，到跟前儿一看，长得挺水灵，挺招人稀罕，就从怀里摸出一粒仙丹，塞进顺女的嘴里。不一会儿，顺女就醒了，醒了就哭，说："你不该救我，让我冻死在这儿就好啦。"

[①] 米那里：朝鲜语，野芹菜。

金龙问她："你有什么事跟我说吧，兴许我能帮你一把。"顺女看看跟前的这位恩人不像坏人，就把怎么怎么回事，一五一十地向金龙说了一遍。

金龙听完之后，就说了："前边有个山洞，你要的东西那儿有。"还说："你别死了。恶有恶报，善有善报，不做好事不行善，没有好报应。"说完就领着顺女进了山洞。哎呀！里面米那里长得到处都是，顺女这就采开了。临走的时候，她问金龙："以后我要是再来，怎么找你呀？"金龙说："把你的绣花鞋给我一只吧，再来的时候喊三声金龙，我就来了。"

顺女拿着米那里回家了。后妈一看，可了不得了！冬天这玩意儿从哪儿采的？准是宝贝，要不咋冬天还长呢？就问顺女米那里是在哪儿采的，顺女开始不说，可架不住打呀，最后打得实在受不了了，也就说了。她后妈一听，乐得直蹦高，拎着筐就奔那个洞去了。后妈进了洞，不管三七二十一，挣命地薅，采了一大筐还不够，又采了好大一抱。洞里一下子发起了大水，没一会儿就把洞给灌满了，把她淹死了。

母亲死了，她闺女一寻思：顺女还有一只绣花鞋呢，要能弄到手，说不定能跟神仙一块走，去过好日子呢！她就糊弄顺女说："姐姐，我想做一双绣花鞋，不知道啥样儿好，把你的鞋给我看看吧。"

顺女是个实在人，也没多想，就把绣花鞋给她了。这个小坏丫头把绣花鞋糊弄到手，就装成顺女的样子来到山洞，喊了三声金龙。金龙真就来了，拿出绣花鞋说："你把这双绣花鞋穿上。"

你想啊，这鞋不是她的，她穿上能合脚吗？穿上鞋没走几步就摔了个大跟头，脸一下戳在沙子上，变成个大麻子。

以后呢，顺女就和金龙走了。

故事小火花

可恶的继母心眼太坏，虐待顺女，又太贪心，拼命地薅米那里，结果让洞里发了洪水，把自己给淹死了。继母的闺女也不怀好意，骗来顺女的绣花鞋，想欺骗金龙，结果自己摔了个大跟头，成了个大麻子。

知道中国，多一点

朝鲜族：继母要吃的"米那里"是朝鲜语，即朝鲜族使用的语言。在我国，朝鲜族主要分布在东北地区，如今朝鲜族的文化正在广为传播，例如民歌《阿里郎》常被演奏，朝鲜的美食，例如辣白菜、冷面、酱汤等，更是被很多人所喜爱。

日积月累

为善最乐，作恶难逃。——谚语

王老大和王老二（苗族）

讲述者：杨光孟（47岁）/ 采录者：杨文杰 / 采录时间：1987年 / 采录地点：湖北省咸丰县

很久很久以前，唐崖河边的寨子里，住着一对亲兄弟，叫王老大和王老二。老大狡猾得很，爱财如命；老二善良本分，为人和气。

老大娶了媳妇，就讨厌老二了。有一天，老大对老二说："你光吃不做，我们分家算了！"老二知道老大是在找碴儿分家，就说："分就分，只有一头牛怎么个分法？"老大说："我是老大，牵牛头；你是老二，牵牛尾巴。牛跟哪个走就分给哪个！"老二从来没有跟人吵过架，就说："牛归你，我只要那只大黄狗！"

老二天天和大黄狗做伴。开春后，别人屋里都在耕地，老二没有牛，老大也不借给他。有一天，老二正想找人家去借牛耕地，大黄狗就叫了两声，一口咬到老二的裤脚根，往犁边拉。老二好生奇怪，就问："大黄狗呀大黄狗，难道你也会耕地？"大黄狗点了点头，老二半信半疑，就把犁头架在狗身上，大黄狗拉起犁就走，轻轻松松的。不一会儿，就犁了好大一块田。

这一天，老二和大黄狗在地边休息。有一个布贩子从这里路过，看到犁轭头架在狗身上，觉得好笑得很。布贩子说："你用狗耕地，谁会相信？"老二说："是真的。"布贩子说："打赌，好不好？"老二说："赌什么？"布贩子说："要是狗能耕地，我把这一挑布输给你；要是狗不耕地，你帮我挑一百二十里路的布担子！"老二说："赌就赌！"老二把大黄狗头轻轻拍一下，大黄狗拉起犁就走，一会儿就耕了一大块地。布贩子挑起布想跑，谁知大黄狗挣脱犁头，跑过去咬住布贩子的腿。布贩子挣不脱，只好把一担布留下，不过老二只要了一小半。

老二用狗耕地，得了好多布的事，让老大知道了。第二天，老二去卖布，老大把大黄狗牵去耕地。大黄狗不依，还把老大咬了一口。老大气得没法，几棒就把大黄狗打死了！

老二一回屋，看到黄狗死了，伤心地哭了一夜，把黄狗埋了，用土堆了一个土包包。不久，土包包上长出一棵树，树干上有个双叉叉，双叉叉上还有一个草窝窝。有一天夜里，老二听到草窝窝里有鸡在叫，好像是山鸡。老二爬起来，想去捉山鸡，一走到树下，一只山鸡飞走了，留给老二一窝山鸡蛋。一连好几天，老二天天半夜起来捡山鸡蛋。

老二从树上捡山鸡蛋的事，又让老大知道了。有天夜里，老大赶到老二前头去捡蛋。蛋没捡到，抓到一把臭鸡屎，老大气得没法，就砍了树烧了草窝窝。老二心疼得又哭了一会儿，到长树的地方，看到土包包上长出几根豆禾。老二连忙给豆禾浇水淋粪。只几天，豆禾结了豆荚。老二摘了豆荚，从豆荚里滚出好多五色豆。第二天，老二到街上去卖五色豆，听说寨主得了急病，到处找五色豆配药。老二连忙把五色豆送到寨主那里，得了百两赏银。

老大听到老二得赏钱的事,也去摘豆荚,弄了好多五色豆,也去送给寨主,寨主吃了老大送的五色豆,却臭屁连天。寨主发了脾气,让人捆了老大,把他打得半死!

故事小火花

大黄狗给老二耕地,却不会给老大耕;草窝窝里,老二捡到的是鸡蛋,老大捡到的是鸡屎;老二摘的五色豆能治寨主的病,老大摘的五色豆却让寨主放臭屁,最后老大被寨主痛打了一顿。之所以会有这些区别,是因为老二心好,老大心恶,所以恶有恶报。

知道中国,多一点

寨子:在我国的许多地区,少数民族同胞们就居住在寨子里,寨子也被称为村寨。很多村寨历史悠久,风景如画,具有浓厚的地域特色和民族风情,吸引了很多游客,如西江千户苗寨、肇兴侗寨、桃坪羌寨,等等。然而,很多古村落在现代化的过程中逐渐消失,需要我们予以重视,对其加以保护和抢救。

日积月累

种田靠年成,做事靠良心。——谚语

两兄弟的故事

讲述者：张世帅（68岁）/ 采录者：魏效贤、吴芳萍 / 采录时间：1987年 / 采录地点：甘肃省通渭县

从前，有个山村里住着一户人家，共三口人，老大两口子，还有个没有成亲的弟弟。

日子一天一天过去了，弟弟长大了。老大两口子想到弟弟以后要娶媳妇分家产，就想趁早把他赶出家门。种秋田了，老大只量给弟弟一升谷子，接着提出分家，弟弟只好先把一升谷子种进几分薄田里，然后在地头上搭个草棚子将就下来。

转眼到六月了，老大的谷子绿油油一片，弟弟的田里却光秃秃的，他伤心地哭了。他一面哭一面在地里寻找，找呀找呀，好不容易才在地埂子前看见一株谷苗。弟弟还不知道，老大给他的谷子是炒熟了的，这一株是没留意混进去的一粒生谷子长的。打这以后，弟弟就操心费力地给这株谷苗上肥、浇水，整天看守着它。好不容易谷子长到有大拇指那么壮了，弟弟就越加操心了，生怕它被野鸟叼去。

一天，突然飞来了一只雕鹘鸟①，落在弟弟的谷子前，哀求着说："把这颗谷穗给我吧，我都要饿死了！"弟弟说："不行啊，鸟鸟！我只有这一个谷穗穗，还要留着明年种哩。你到我哥哥那里去吧！"雕鹘鸟说："我刚去过，他不给。"弟弟看这鸟儿实在饿得不行了，就叫它把仅有的一穗谷子吃了。雕鹘鸟吃了谷子，就对弟弟说："现在，我就背你到太阳山上去摘金豆豆。"雕鹘鸟让弟弟做了个三尺长的布口袋，又

---

① 雕鹘鸟：即鹰。

叫他骑在自己的背上，闭上眼睛。弟弟闭上眼睛，只觉耳朵边凉风呼呼地响，不一会儿，雕鹘鸟说："把眼睛睁开。"弟弟忙睁开眼睛一看，已经到了太阳山上。太阳还没出来，大片大片的金豆豆闪闪发亮，雕鹘鸟对弟弟说："快摘，我等你，袋子满了就不要摘了。要不，太阳出来会把你烧死的！"弟弟不停地摘呀摘，没多大时候，袋子满了，他赶紧骑上雕鹘鸟飞回家中。

弟弟摘金豆豆的事，很快被老大知道了，他也要去太阳山上摘金豆豆，于是就坐在地畔上等雕鹘鸟。一天，雕鹘鸟真的飞来了，老大赶忙给了它一穗谷子吃，接着就说："鸟鸟，你也驮我到太阳山摘一回金豆豆吧！"雕鹘鸟没推辞，就让老大纳①个三尺长的口袋，可老大缝了个五尺长的。雕鹘鸟让他骑在自己的背上，飞上了太阳山。老大一看太阳山上到处是闪光的金豆豆，就狠命地摘，五尺的口袋很快装满了，雕鹘鸟催他快走，可他只顾摘，根本不想走，雕鹘鸟只得飞走了。霎时，太阳冒花花了，火一样的光花花照在满山上，贪财的老大被烧死了。

---

① 纳：即缝的意思。

故事小火花

老二把自己仅剩的一个谷穗给雕鹘鸟吃了,摘金豆豆的时候,老二没有贪心,袋子装满了就走了。老大心眼太坏,先欺负老二,给老二炒熟的谷种,摘金豆豆的时候又太贪心,最后被太阳烧死了。

知道中国,多一点

鹰:雕鹘鸟就是鹰,鹰是鸟中霸主、天空霸王,经常有文艺作品来展现鹰的力量和气势,例如唐诗中有"鹰翅疾如风,鹰爪利如锥",形容鹰展翅飞时迅疾如风,鹰的爪子又尖利如锥。鹰和雕常常被混淆,雕更大更壮硕,鹰则相对轻盈小巧。由于现在鹰的数量在不断减少,现在已经受到我国法律的保护,不许私人捕捉和贩卖。

日积月累

口直先要心直,人好先要心好。——谚语

害人之心不可有

讲述者：王莲芬（62岁）/ 采录者：吴静芳 / 采录时间：1987年 / 采录地点：上海市宝山区

从前，有家姓李的兄弟俩，家里有两百亩田，日子过得还算富足。老大有四个儿子，老二只有一个儿子。不巧，老二死得早，丢下了才十来岁的儿子。大伯想："我四个儿子才一百亩田，而侄子一个人却有一百亩。"于是，他起了黑心，要想办法谋害小侄子，好乘机夺取他的田产。

有一天，大伯杀猪宰羊。侄子问他为啥，大伯说："我们要出去寻宝贝。"侄子也想一同去，大伯答应了。他们带上干粮柴火，六个人一起撑一只船，出外寻宝去了。

他们到了一个没有人的荒岛，船靠岸，大家生火烧饭，吃了个饱。大伯说："现在大家分头上岛去寻宝贝。"其实，他暗地里却对自己的四个儿子讲："你们不要走远了，转一转马上回到船上来。"大伯心想，这里蛇、狼、虎、豹很多，侄子一个人留在岛上，肯定会被野兽吃掉。大家一一上了岛，分路去寻宝贝。大伯的四个儿子很快就回来了，只有侄子还在认真寻宝。大伯急忙拔篙开船，把侄子丢在荒岛上了。

再说侄子找了半天没有看见宝贝，就回到了岸边，一看，哪里还有船的踪影！天快黑了，他又急又怕，在岸边号啕大哭。哭了半天，只好仍旧再向岛上走。忽然看见前面有一处灯光，走过去一看，原来是一座庙，庙里没有人，只有三尊佛像立在那里。侄子心里害怕，看庙里没有别处可以藏身，只好钻到佛像的身后去睡觉。他心事重重，翻来覆去总是合不上眼。

过了一顿饭的工夫，外面刮起了大风，有一头狼从外面闯进来。

接着，又进来一只豹。随着一声虎啸，又进来了一只老虎。老虎用鼻子嗅嗅，对狼说："怎么有生人气味？"狼回答说："可能是外面带进来的。管它呢！"歇了一会，狼、豹、虎都睡着了。总算一夜平安无事。

第二天清早，三只猛兽走了，侄子也出了庙门。他看见山上有一间小屋，他很希望能遇见人，就走过去。小屋门口有一个小姑娘，对侄子说："你不是李公子吗？"侄子觉得很奇怪："咦！你怎么认得我？"姑娘笑笑说："我不但认得你，还知道你是被人谋害了的。所以我来帮助你。"姑娘从怀里摸出一只香袋，关照说："你到庙里去把佛头顶的三颗珍珠摘下来，放进香袋里。今年京城里闹旱灾，那时你可以把珍珠拿出来，丢在空地上，这地方就有水了。另外，你要吃饭、乘船，只要喊一声，就能办到。如果你发现香袋里有响声，只要用手勒一勒袋口，就能逢凶化吉。"讲到此时，这个姑娘就不见了，小屋也不见了。

侄子回到庙里，从佛像头顶上摘下三颗珍珠，放进香袋里。他走出庙门，肚皮饿了，就喊了一声："我要吃东西了！"眼前真的出现了一个佣人，双手端着一盘饭菜。侄子狼吞虎咽吃了个饱。这时候，香袋里发出"吱呀吱呀"的叫声，他连忙用手勒了一下口袋，看见一道金光闪出，一支飞镖把一只正要扑过来的狼杀死了，勒了第二下、第三下，飞镖又把豹和老虎射杀了。他又喊了一声："来一艘飞船，送我上京城！"果然飞船出现在了面前。他登上飞船，船就飞起来了。

转眼间已经到了京城，看见城门口贴着一张皇榜，上面写着："谁能找到泉眼，

就封官赏银。"侄子上前揭了皇榜，旁边的差役扛了铁锹跟在侄子后面去挖泉眼。

　　侄子找到了一块空地，从香袋里拿出一颗珍珠，放在地上用脚一踏，就叫差役在此地挖土。挖了不多一会，一股碧清的泉水冒上来了，差役同围观的百姓一齐拍手欢呼。接着，侄子又在其他两个地方挖出了两口泉眼。从此，京城里有水喝了，皇帝知道了，马上封了他一个很大的官职。

　　侄子的娘自从儿子外出失踪以后，整天哭哭啼啼，把一双眼睛都哭瞎了。侄子也想念母亲心切，皇帝就准许他回家看看，还拨给他好几百个随从人员。大队人马经过县城，当地百姓都从四面八方过来看大官，大伯也骑着一头毛驴来看热闹。拥挤的时候，大伯吃了差役一鞭子，正巧被侄子看到，就喝退了差役。但是大伯同侄子都没有认出对方就匆匆走了。天色快要黑了，侄子一队人马找了一个客栈住下来。大伯骑驴回到家里，想到白天吃鞭子的情景，对家里人谈起这位大官待人怎么和气，良心怎么好。

　　第二天一早，有人报信到李家，说是李公子回来了，还做了大官。侄子的娘想："我儿子早已经死在荒岛上了，哪能当官呢？肯定是搞错了。"就在这个时候，外面响起了锣声，当官的儿子果真回来了。母子相见，又惊又喜，儿子在家住了几天，就把娘接到京城享福去了。

　　见了这个场面，大伯心里发痒，他也想到荒岛上去碰碰运气。几天之后，他带了四个儿子乘船上了岛。天还没有黑，父子三人躲在佛像身后，兄弟两人爬到梁上藏起来。夜里，庙里进来了三个浑身长毛的野人，其中一个鼻子嗅了嗅说："大哥，这里有生人气味！"另一个说："会不会是从外面进来的？"第三个却说："这可不能马虎。以前，虎豹就是听了老狼这句话，兄弟三个才送了命。不能大意，搜！"三个野人里外一搜寻，发现了父子五人，野人把他们打得奄奄一息，动弹不得，他再也不敢为非作歹了。

故事小火花

大伯为了土地起了坏心，加害侄子，把他带去荒岛，好让他被野兽吃掉。但侄子得到了好心姑娘的帮助，有了香袋，做了大官，大伯也想去岛上碰碰运气，结果他们父子五人反而被野人痛打了一顿。

知道中国，多一点

香袋：也称为"香荷包""香囊""香包""荷包"，里面装着具有芬芳气味的中药材，外面有精美的刺绣。如今仍然能看到香袋，人们买来给衣服或室内增添香气。对古人来说，香袋还是重要的装饰品，可以系在腰带、衣襟，或挂在胸前，也可以放在袖子里，用来驱虫辟邪或添香。精致美丽的香袋深受古代男女喜爱，常常被作为定情信物或礼物，极富浪漫色彩。

日积月累

老实人，人合人；奸巧人，人害人。——谚语

神 马

讲述者：李岚仁（46岁）/ 采录者：李济民 / 采录时间：1982年 / 采录地点：陕西省岚皋县

大道河的河畔上有一座秀丽的小山，形似马儿的鞍架，人们都叫它马鞍山。相传很久以前，这里是一个荒无人烟的烂石滩，芦苇丛生，野鸭成群。后来一群逃难的人来到这里，他们辛勤耕种，开荒造田，终于使这里成了鱼米乡。但是好景不长，一个姓洪的地主眼红，硬编造说这块地是他祖先传下来的，要乡亲们交租。乡亲们气愤不过，告到县衙，谁知姓洪的用金钱买通了县官。乡亲们不但官司没打赢，反而成了洪家的佃户。这一下，大伙就像豆腐掉进了黄连缸——苦透了。

山脚下住着一个叫朱九的穷汉，也是洪家的佃户。他家里只有一位年迈多病的老娘，里里外外全靠朱九一人忙活。这天，正是开春农忙时节，朱九一大早安排好老母亲，就扛着锄头上山了。他种的地全是荒坡，茅草艾蒿足有几尺高，一天就是使尽力气也干不了多少活。他正使劲挖地，忽然听见一阵阵马叫声。朱九心想，这里只有牛，哪来的马，保准又是洪家来了什么贵客。可也奇怪，洪家在东边，马叫声在西边。年轻人好奇心重，朱九就扔下锄头赶过去想探个究竟。

来到西山脚下，马叫声又从山腰传来，他快步爬上去一看，原来半山腰有个黑乎乎的山洞，从里面不断传出马叫声。朱九壮着胆子摸了进去。洞子越走越深，后来又越走越宽。突然，朱九眼前一亮，前面一个大石板上，站着一匹金光闪闪的小马。那马一尺长短，通身发亮，见了朱九又是甩蹄子，又是摇尾巴，好像见了老熟人。

朱九看呆了，不知道咋回事。马儿却说话了："朱九，你来了！"

朱九吓了一大跳，天哪！马儿会说话，竟晓得我的名字。朱九手忙脚乱地作揖，说："来……了，你是谁？""朱九，你别怕，我知道你是好人，又是孝子，这几天看你挖地开荒实在辛苦，想给你帮忙犁地，不知你愿不愿意？"

朱九听到这话，连忙答应愿意，心里高兴得乐开了花。又一想，你虽然好心帮忙，可你这么点点大怎能犁地，而我又没有犁头。马儿又说话了："朱九，不用担心，犁头就在我脚底的石板下，你先把它拿出来。等一下出了洞你就什么都知道了。"说完马儿跳下石板。

朱九走到跟前，从石板底下果真取出一副只有一尺见方的犁头，他拿着犁头牵着马儿一起走出山洞。刚出洞口，金光消失了，马儿和犁头变得跟真马真犁一样大。朱九唱着山歌扛着犁，牵着马回到家里，把事情经过讲给了老母亲，老太太乐得合不拢嘴。

从此，朱九就用神马犁地，犁出的地又深又快。他还帮助穷乡亲们犁地，大伙儿都十分感激朱九和神马。

世上没有不透风的墙，这事很快传到洪家。凶狠残暴的洪剥皮一听就不高兴了。他想，朱九是他的佃户，神马是在他家的地上找到的，朱九却胆敢私藏宝物与他对抗。于是他命狗腿子立即把朱九抓来，要他交出神马，否则重罚严惩。

狗腿子跑到朱九家，还没动手，就被周围赶来帮忙的乡民打得屁滚尿流，四散逃命。洪剥皮气得暴跳如雷，亲自带着狗腿子把朱九家团团围住，然后破门进屋，可是除了病病歪歪的朱老太太，不见朱九和神马的影子。洪剥皮大怒，命狗腿子点火烧房，把朱老太太抓回洪府。他知道，朱九是远近闻名的孝子，为了救老母，一定会交出神马。

再说朱九把神马藏在山洞后，听说洪剥皮抓了老母，便不顾一切地冲到洪家。洪剥皮见朱九来了，大声说："穷汉子，你是要马呢，还是要你老娘？"朱九看见老母亲被折腾得脸上、身上血迹斑斑，昏迷不醒。他扑向老母亲，轻轻地把她抱在自己怀里，对洪剥皮说："你这个比毒蛇还恶毒的坏蛋！你霸天霸地还不够，还想抢占我的神马，你就是打死我我也不会给你。"洪剥皮眼珠子都气红了,一声令下,狗腿子一起涌上来毒打朱九。

忽然,天空一声炸响,一道金光落到院中,神马浑身闪闪发光,一副金鞍披在马背上。只见神马扬扬蹄子,抖抖鬃毛喊道:"朱九,快把你娘背出去。"说完,飞扬马蹄朝狗腿子们踢过去,一个,二个,三个,转眼间,踢倒了一大片,其余的狗腿子哭爹叫娘,吓得四处躲藏。只见神马飞向天空,身子一抖,那金鞍轰隆一声落了下来,正好盖住洪家大院,形成了一座马鞍形的小山。朱九母子俩骑在神马背上,一直飞向远方。

故事小火花

洪地主是个恶霸,霸占了老百姓辛勤耕种出来的鱼米乡,还去抢神马,把朱九的母亲折磨得奄奄一息。神马背着朱九母子飞向了远方,洪地主却被压在了马鞍山下。

知道中国 多一点

佃户：古时候，地主占有土地，再雇佣农民耕种，这些租地主土地的农民就是"佃户"。佃户要为主人耕种土地，从事杂活，粮食收获以后要交一部分给地主。佃户不但要终生为主人耕作，自己的子女也要听凭主人的使唤。

日积月累

凶恶只一瞬，善良可做本。——谚语

波者和他的儿子（哈尼族）

讲述者：陈阿波 / 采录者：李荣光 / 采录时间：不详 / 采录地点：云南省红河县

从前，有一个叫哈则的国王，对老百姓的剥削十分残酷。人们千方百计想逃离他乡，但哪怕搬上十次家，也走不出哈则的地界。

在他管辖内的一个偏僻的寨子里，住着一个老头子，叫波者。他和乡亲们一样，每年被哈则的租税压得喘不过气来。野鸡都能找到自己的伴侣，光棍波者，在穷困中熬了五十年也讨不起老婆，过着孤零零的生活。

波者常对乡亲们说："山鸡要想自由，只有先除掉山猫，我们要想过好日子，除非国王哈则死掉。"

雨水落进塘子里分不开了，波者的话说到了乡亲们的心里，最合意了。就是找不到法子，大家都很发愁。

有一天，波者做了一个梦，梦见三颗星星落到家中。老头醒来觉得奇怪，翻来覆去睡不着，干脆爬起来，抱着水烟筒"咕嘟咕嘟"地抽个不停。

突然，听到外面有人声，波者开门一看，见三个小伙子跪在门前，异口同声地说道："阿爸，我们来做你的儿子，收下我们吧。"

老头高兴极了。他揉揉眼睛仔细一看，却吓了一跳：这三个人中，有一个是独耳朵，有一个是独眼睛，有一个是独脚。老头心里发慌：收下他们吧，是三个废人，怎么养活呢？不收下吧，又觉得过意不去，波者犹豫起来。

三人看出老头的心事。独脚就说:"阿爸,你不要怕,我虽然只有一条腿,走起路来却像飞一样。你要知道,我一天也不停地在找你,今天终于找到了你,我的脚才停住。这里就是我的家,你就是我的阿爸。"老头把独脚扶了起来。

独耳接着说:"老人家,你不用担心。我虽然只有一只耳朵,但能听到千里以外小虫的叫声,哥哥的行动需要我,我们弟兄不能分离。"老头把他也扶了起来。

独眼又对波者说:"老人家,你不用发愁。我虽然只有一只眼睛,但能看清千里以外小虫飞动的影子。哥哥的行动离不开我,我们兄弟不能分离。"老头又把他扶了起来,将三兄弟带进屋里。

这事传遍了整个寨子,乡亲们都来祝贺波者得到三个儿子。欢喜过后,老头又愁眉不展,不停地叹气。独脚看阿爸心事重重,他说:"阿爸,有了豹子壮胆,还怕山猫吗?有什么为难的事,我们兄弟一定帮你解决。"

波者摇摇头说:"事情太难办啰。"

三兄弟说:"阿爸,你说出来,再难的事也难不住我们。"

波者就把心事告诉儿子:"阿爸心中最愁的只有一件:我们这个地方是国王哈则的土地,哈则残暴,乡亲们天天忍受着苦难。要是能把哈则除掉,解救乡亲们,我的心就安了。"

三兄弟听完阿爸的话说:"这事太好办了。"于是三兄弟想主意,要设法见到哈则。

独眼爬到屋顶,发现千里以外的王宫里抬出一匹死马,满街的人议论纷纷,不知在说什么。

独耳在一旁说:"我已经听到了,是说国王哈则的马死了,哈则很伤心。"

独脚说:"我有办法了,我们一起去把哈则的马医活,就会见到哈则了。"

于是独脚背上独眼和独耳,一阵风似地出发了。老头子一眨眼,三人已无影无踪了。

三兄弟到了王宫,说可以医活死马,众人都很奇怪。只见独脚睁着眼在马的周围转了三圈,死马一声嘶叫,爬了起来。马夫把马牵回王宫,并把这事告诉哈则。

哈则见死马转活，高兴地传命要见三兄弟。三兄弟进了王宫，见到了哈则，一个个故意做出傲慢的样子。

哈则很生气，就叱责他们道："见到国王，为什么不下跪？"

独眼说："山猫遇着山豹，只能是山猫下跪。哈则你在我们面前，只能是你下跪。"

哈则暴跳如雷。独耳又说："哈则，你不要再猖狂！你的末日就在眼前，我们能让你的马起死回生，就能将你置生于死。"

一句话吓得哈则面如土色。独脚当面叱骂了哈则压榨人民的罪行，最后，闭上眼睛围着哈则转了三圈，哈则当场死于阶下。王宫里的人个个惊得目瞪口呆。

哈则死后，三兄弟把阿爸波者接到王宫，做了国王。波者把所有的财产分给了百姓。

波者十分爱护人民，人民也爱戴国王波者。从此以后，人民过着富足安康的日子。

故事小火花

哈则残酷，波者和人民深受剥削，三兄弟消灭了哈则，拥护波者做了国王。波则爱护人民，人民拥护波则，从此大家都过上了幸福的日子。

知道中国，多一点

哈尼族：故事发生在哈尼族。哈尼族是我国的少数民族之一，分布在我国的云南南部，以农业耕种为主。哈尼梯田非常著名，尤其是位于云南元阳县哀牢山南部的元阳梯田，磅礴壮丽，被国际学者称赞说："哈尼族的梯田是真正的大地艺术，是真正的大地雕塑，而哈尼族就是真正的大地艺术家！"元阳梯田被成功列入了《世界遗产名录》，是举世闻名的梯田奇观。

日积月累

善良的人再丑也受人尊敬，邪恶的人再美也遭人唾弃。——谚语

最好的报答（蒙古族）

讲述者：巴德玛 / 采录者：李翼 / 采录时间：不详 / 采录地点：内蒙古自治区呼伦贝尔市

从前，有一个大牧主，雇佣着一个小牧童。

牧主让小牧童放牧着一大群小牛犊，白天要放牧，晚上要打更照管，小牛犊跑了，还得到处去寻找。弄得小牧童整天不安宁，身子疲劳得要命，一年也挣不下几个钱，小牧童几次想不干，可是一想：这年月，事情很难找，家里又有六十岁的老母亲，不干怎么办？

有一天，小牧童刚刚把小牛犊赶到草场上，就看见从东面来了一个面善的老头儿。

"你怎么这样可怜？"老头儿同情地问。

"我怎么能不可怜？每天我……"小牧童把自己的生活情形一五一十地说给了老头儿听。

老头儿很可怜小牧童，对他说："好孩子，你真是世界上的苦命人。"说完往口袋里摸索了一会儿，掏出了一个骰子给他。

"有了它，你就会好起来的。"老头儿笑着说。

"这骰子，吃又吃不得，赌钱吧，只有有钱人才有用。"小牧童怀疑地说。

老头儿再三叮嘱说："有了它，你就不会累了。不信，就试一试：把它往地上一放，想叫什么停止不动，什么就停止不动了；然后再拿起来一放，想叫什么离开，什么就马上离开了。"

小牧童端详着骰子出了神。猛一抬头，老头儿忽然不见了。小牧童按照老头儿说的试了一下。他把这骰子一丢，喊了一声"牛犊子们不动"，牛犊子们果然全都站住了。他又把骰子一丢，喊了一声"牛犊子们散离"，牛犊子们果然又动起来了。

从此，小牧童的日子过得顺畅了。当他在牧场上放牧累了的时候，就把骰子一丢，喊一声"不动"，自己就找个背风的地方睡起大觉来。当他看到太阳要落下了，要赶着牛犊子们回家时，就把骰子一丢，喊一声"散开"，所有的牛犊子都乖乖地走回家了。

小牧童一直受牧主的虐待，满肚子的气没处出。自从有了这个骰子，他就觉得有法子反抗牧主了："我要让他知道我不是好惹的。"

小牧童夜晚住在牧主儿子的包里。天大亮了，牧主的儿子和媳妇还在甜睡着。小牧童想戏弄他们一下，把骰子往地上一扔，小声地说了一下"不动"。你猜怎么样？两口子连起床也不能起了。

太阳都出来了，住在另外一个包里的牧主老两口，不见儿子前去问安，估计是他们身体不舒服了或者是有什么事了。"太阳都出得老高了，你们这年轻两口子还不起来？"牧主的老婆诧异地在包外喊着，走进了儿子的包里，停在火炉跟前，又喊，"太阳都出来了！"这时，小牧童又把骰子往地上一扔，说了一声只有他自己听得见的"不动"，老婆子果然停止不动了。

不一会儿，牧主在那另外的包里喊叫了起来："日头升这么高了，你们两口子还不起床，叫人家多笑话！你母亲亲自去叫你们起床，你们还是不肯起来，真是无法无天了！"牧主喊了老半天，却连一点动静也听不见。牧主气得冲出了包，又喊，"你们都死了？怎么还不出来？"

这时，小牧童又想把牧主定在包外边。他又把骰子往地上一扔，说了一声只有自己听得见的"不动"，牧主果然被定在包外了。

牧主大声喊小牧童："小牧童，你也死了吗？如果没死，就快给我滚出来！"小牧童出来了，惊疑地问："一家人都不能动了，怎么回事儿？"牧主苦着脸说："你快套上牛车去请医生来。"小牧童按照牧主的吩咐做了，请来了一个小巫医。小巫医看了看，说："我是刚学医的，还没有学到治这种病的方法。"

牧主命令小牧童赶快套车去请老巫医。小牧童照着牧主的吩咐做了，又请来了六十岁的老巫医。老巫医一看也直了眼，他惊讶地说："我行医了这么几十年，还从来没有碰到过这样的病症。"

牧主的心像被火烧，急得他向小牧童央告起来："我的好牧童，"他第一次这样称呼他，"你还能想个治这病的方法吗？只要治好了病，花多少钱都行。"

小牧童对牧主说："东方有一位白胡子老人，会镇妖魔鬼怪，我去把他请来看看吧。"

牧主说："不管是谁，能治这病就行。你快去吧！"

东方的白胡子老人被请来了。白胡子老人对牧主说："这怪你平时行善太少，你一定是触怒了神，不然不会得这怪病。"

牧主顺从地说："是，是的，我一定是触怒了神家。可是您老人家得给我出个主意，治一治这病啊！"

白胡子老人面朝着小牧童，对牧主说："药方很简单，你把一部分牲畜送给这小牧童，病马上就会好的。"

牧主满口答应，并且说："只要不死，什么都行。"

正说着，小牧童就悄悄地把骰子往地上一扔，说了一声"离开"，牧主、牧主的老婆和儿子、儿媳妇果然都活动起来了。屈指一数，他们一共三天三夜没有动，也没有吃一点儿东西。

从那以后，牧主和他的家人都不敢虐待小牧童了。

故事小火花

小牧童得到了好心老头的帮助，有了一个魔法骰子，可以在放牛的时候休息休息，还用这颗骰子惩治了牧主，让牧主一家再也不敢欺负他了。

知道中国，多一点

骰 [tóu] 子：在生活中，骰子并不陌生，我们经常可以见到各种各样的骰子。骰子有悠久的历史。在中国，传说骰子是三国时期文学家曹植发明的，不过也有人称早在春秋战国时期，骰子就出现了。古人的记载中多次出现骰子的玩法，以及玩骰子的情景。

日积月累

马善逗人骑，人善逗人喜。——谚语

第❹篇 割不断的亲，离不开的邻

美 德

讲述者：王作阶（73岁）/ 采录者：李征康 / 采录时间：1979年 / 采录地点：湖北省丹江口市

很早以前，有一个武状元，自以为功高官大，常常欺负邻居。

他的邻居是个白胡子老汉。这天，白胡子老汉将三个儿子喊到面前说："我当了一辈子家，常常受人欺负，害你们也怄了许多闲气。现在我老了，轮到你们当家了。今天，给你们每人十两银子，出门做一件公德事回来。谁有美德，谁就当家。"

过了几个月，三个儿子回来了。大儿子说："我走到河边，看见一个妇女跳河。我跳进河里把她救上岸来。她身怀有孕，我救了两人性命。"老人点点头，没有言语。

二儿子说："我走过村庄，看见一户人家失火。这天刮大风，全村人都很危险。我只身跳进火里，将火扑灭，保住了许多人家。"老汉笑眯眯地，没有说话。

三儿子说："爹，对不起你老人家。我做了一件蠢事，救了一个仇人。那天，我路过大山，看见隔壁武状元出征，醉倒在悬崖边，一翻身就要摔到崖下，粉身碎骨。我本想把他掀下崖去，可是又一想，边疆正需要他去防守，沙场需要他去征战，最

后还是把他喊醒了。他羞愧满面,深深给我作了一个揖,上马去了。"

白胡子老头听罢,哈哈大笑,便要小儿子当家。大儿子和二儿子都不服气,白胡子老头说:"救命保住二人,救火保住一村,这有国家的强盛要紧吗?你弟弟丢弃个人怨恨,先为国,后为家,这就是美德。"

第三个儿子当家了。武状元非常感激他,承认了自己以前的过错。从此两家和睦相处,成了很好的朋友。

故事小火花

三个儿子都做了善良的事情,都具有美德,但小儿子先考虑国家的精神尤为难得,因此白胡子老头选择了让小儿子当家。

知道中国,多一点

爱国:中华民族不但强调尽孝,也非常崇尚爱国,爱国主义是中华民族的优良传统。例如被大家熟知的爱国英雄岳飞,背上就刺下了"精忠报国",周恩来总理也曾说过"为中华之崛起而读书"。爱国的情操不仅仅是反抗侵略和压迫,同仇敌忾,保卫家园,也体现在能抛弃个人小怨小利,为国家强盛而贡献力量。我国杰出的爱国工程师詹天佑就曾说过:"各出所学,各尽所知,使国家富强不受外侮,足以自立于地球之上。"

日积月累

位卑未敢忘忧国。——(宋)陆游

冤仇宜解

讲述者：王式宝（53岁）/ 采录者：麻承照 / 采录时间：1987年 / 采录地点：浙江省宁海县

从前，有个大财主，他有三个儿子，屋里财产多得惊人。

有一年，老人家把财产分成四份，三个儿子一人一份，自己留一份养老。家分好了，还有一匹好马、两把祖传宝剑不好分。老人家想了一个办法，对三个儿子说："你们一人一百铜钿①，给你们一个月时间，出门去做件好事回来。谁做得最好，一匹马、两把宝剑就分给谁。"

第二天，三个儿子拿了铜钿，出门去做好事。

一个月过去了，三个儿子都回到屋里，向父亲禀报所做的好事。

大儿子说："我住在一个客栈里，同房间住着一个客商，陌里陌生的，他就把一袋珍珠寄在我这里，他回来，我原封不动交还他，如果我卡下一粒，这一生一世就有吃有用了。"

父亲说："如果你卡下一粒，就是贼。见财不贪这是应该做的，算不上什么好事，不能奖赏。"大儿子无话可说。

二儿子说："我骑马走过一座桥，一个小孩掉进水里，眼看就要溺死了。我想也没想，就跳下去救起小孩，又把他送回家里。主人见了感激不已，定要礼谢，我不接受。如果我不救，这小孩就要溺死。"

父亲说："如果你见死不救，良心哪里去了？舍己救人，这是应该做的事，也不能奖赏！"二儿子也无话可说。

三儿子说："我走过一座山，远远看见有个人四脚朝天睡在悬崖上，假如一翻身就会滚下悬崖，跌得粉碎。我走近一看，原来是我最恨的

---

① 铜钿：指铜质硬币，也泛指钱。

仇人，喝多了酒，醉倒在悬崖边。当时我想踢他一脚，让他滚下悬崖跌死算了。后来我想，明人不做暗事，就是仇人也不能暗底下伤人，就把他叫醒，让他避开险地。"

父亲说："冤仇宜解。你做了件难得的好事。一匹好马、两把宝剑应该奖赏你。"

故事小火花

第一个儿子如数归还了珍珠，诚实做人，这本来就是应该做的；第二个儿子救了孩子，舍己为人，这也是应该做的，所以都没有得到父亲的奖赏。第三个儿子却救下了仇人，化解了矛盾，所以父亲把奖赏给了小儿子。

知道中国，多一点

　　冤家宜解不宜结：两个人有矛盾时，最好放下仇恨，解决矛盾，而不要让它继续积累扩大，这体现了古人善良、仁爱之心。这句话常常被人们用来劝慰他人，希望有过节的两方能够和好，和平共处，而不要冤冤相报。此外，还有"化干戈为玉帛"一词，也表达了类似的意思。

日积月累

　　割不断的亲，离不开的邻。——谚语

远亲不如近邻

讲述者：俞叙兴（65岁）/ 采录者：金天麟 / 采录时间：1987年 / 采录地点：浙江省嘉善县

从前，有一个女人，养着一只猪猡，她与丈夫合计，到冬天，猪猡一定长得很壮，可以卖个好价钱，就能添置衣裳，买年货，过年开销全有了。

有一天，猪猡逃出猪棚，吃掉了隔壁邻居家种的一个南瓜。邻居家的男人脾气很暴，看见猪猡吃掉了南瓜，就拿起铁铲，一铁铲就把这头猪砸死了。养猪的女人发现后，心想，这件事如果被自己的男人知道了，非大吵大闹不可，甚至会大打一通。打架可是不坏衣衫便坏肉的呀，有时还会有意想不到的恶果，还不如瞒了男人。

她把死猪猡拖进猪棚，那猪棚的二道梁上搁着几根木头，她把这几根木头拿了下来，压在死猪身上，就像这只猪猡被上面的木头压下来压死的。男人回来后，她不声不响。吃饭前，她拎着桶去喂猪，推开猪棚门，马上惊叫起来。男人闻声跑来一看，以为是二道梁上的木头压下来把猪压死了。女的说："你快去烧水，等一会褪好毛，杀一杀，腌一腌，过年还可以吃的。"男的信以为真，就去烧水了。

就在这天晚上，隔壁那户人家传来了哭声。养猪的男人和女人跑去一问，那家的男人得了急病，发热抽筋，眼看活不到天亮了，他的女人急得手足无措，只是哭。养猪的男人和女人二话没说，就摇来一条船，把病人送到镇上去请郎中先生看病。

一路上，隔壁的那个女人难为情地说："我家男人不好，白天把你们家的猪猡打死了，我们赔……"

养猪的男人一听，原来自己的猪是被他们打死的，就不愿摇船了。养猪的女人埋怨道："你呀，真糊涂！我们与他们是近邻，难免有时候牙齿咬到舌头，为了一点小事斤斤计较，闹得不可开交，值得吗？近邻比远亲好，谁都有需要照顾的时候，还是不要计较，互相友爱为好。"

一句话，说得她的男人连连点头，说得邻居夫妻又羞又愧。从此，两家人和睦相处。

故事小火花

养猪的女人深明大义，假装猪是被压死的，避免了一场冲突。在邻居男人生病以后，又不计前嫌，将病人送去治病。只要邻里之间互相体谅，互相宽容，远亲的确不如近邻。

知道中国，多一点

远亲不如近邻：这是中国的一句俗语，引起了人们深深的共鸣，如今仍然常被使用。这句话是指遇到困难或紧急情况时，住得远的亲戚比不上住得近的邻居，因此大家要处理好邻里关系，和睦相处，邻里亲厚。如今虽然大家多住在单元楼、小区里，但是和邻居和谐相处，创造温馨的居住环境，对每个人仍然非常重要。

日积月累

远水不救近火，远亲不如近邻。——《增广贤文》

张彭年还钱

讲述者：陆静珍（72岁）/ 采录者：张翼飞 / 采录时间：1987年 / 采录地点：江苏省启东市

张彭年是挑糖担子出身，家里很穷。一天，他挑了糖担串乡，有个老太喊："喂，挑糖担先生，破棉袄收不？""收呢！"张彭年走进去。那个老太太从屋梁上解下一个破破烂烂的包袱，拿出来一件邋里邋遢的破棉袄，两人商讨好价钱，张彭年付了钱就走了。

晚上，老太太的男人从田里回来。老太太告诉他，一件破棉袄卖了三十个钱。老头子说："哪个破棉袄？""喏，挂在梁上那件。"老头子一听，眼泪像珠子掉下来，说："要死啦，急煞我啦！"老太婆不知道为啥。老头子说："棉袄里藏有三十块银洋，这是老本呀。"老太婆一听，眼一黑栽倒啦。老头子说："老本丢掉，活着有啥用？"也拿来一根绳子准备上吊。

再说张彭年回到家里，叫自家娘子一起整理破烂归好类。哪料到拿起这件破棉袄，"哗——"里面落下来三十块银洋。张彭年一看，连喊："要出人命啦，要出人命啦。"他的娘子说："出啥人命？"张彭年说："人家突然间丢掉老本，怎能不着急，弄不好会寻死呢。"他想呀想呀，终于想到了卖棉袄的老太婆。

张彭年连夜找到老太太的家，看到老头子正在往屋梁上穿绳子打结，知道迟来一步就要出大事了。他赶紧喊道："不要急，不要急。"老头子一愣，不知道啥缘故。张彭年说："就是这位老太太。"这时候，那位老太太也醒转过来了，也说："就是这位大官人买……"张彭年说：

割不断的亲，离不开的邻 | 143

"我就为这件事来的。"边说边从钱褡子里倒出三十块银洋。老头子一看，"扑通"一声跪下叩头。张彭年说："老伯伯，钱不要一人藏呀，你看，差点吓煞老婶娘。"老太太也跪下，连喊："阿弥陀佛，阿弥陀佛，善有善报。"

故事小火花

张彭年发现了破棉袄里的银洋，赶紧去归还了卖主，他的善良和实诚救了两个人的命。

知道中国，多一点

货郎：挑糖担子就是挑着担子卖糖的货郎。如今大家都在商店、超市或商场买东西，不过以前交通还不便利，尤其是农村地区，所以挑着担子卖东西的货郎是常见的景象。货郎走街串巷，摇鼓叫卖，尤其受小孩子喜欢。如今，随着时代的变化，货郎已经渐渐消失，成为一些人的童年回忆。

日积月累

外表再美不算美,心地善良才算美。——谚语

母 爱（蒙古族）

采录者：索纳木 / 翻译者：乌恩奇 / 采录时间：不详 / 采录地点：内蒙古自治区鄂尔多斯市

从前，有一位老妇人，年老体衰，整天躺在炕上，等待着死亡的来临。儿子见妈妈不能好转，不愿再侍奉她，便决定把她背到深山老林中活活抛弃掉。

他们走进了茂密的丛林，伏在儿子背上的母亲一路上不断地折下树枝扔向身后。

"你为什么总是不停地扔树枝？"儿子奇怪地问。

母亲用慈祥的目光看着儿子，说："孩子，当你从深山里返回时，就不会迷路了。"

爱儿诗

讲述者：王德尊（65岁）/ 采录者：彭跃先 / 采录时间：1986年 / 采录地点：四川省成都市

有个人，爱儿爱得要命。儿子要天上的星星，他都要拿个竿竿戳一下。他把亲生老娘当成包袱，巴不得她早死，每顿只端一碗饭给他妈，不管她吃饱没吃饱。

有天，他妈看到儿子拿了两块新鲜的点心喂小孙子。孙子不吃，他又哄又诓，总想叫娃娃多吃点。娃娃头摆来摆去的，点心撒了一地。他妈看了很心痛，顺口做了首打油诗：

"隔窗望儿儿喂儿，想起当年我喂儿。而今我儿来饿我，担心你儿饿我儿。"

故事小火花

长大的儿子嫌弃母亲，母亲却一如既往地深爱着儿子，母爱是伟大而无私的,每个人都应该孝敬母亲。

知道中国,多一点

孝:孝是中华民族的传统美德,自古以来就有"百善孝为先"的说法,孝是我们的优良传统。我国一直很强调孝,流传了很多关于孝的故事和名言,如反映孝文化的经典著作《二十四孝》。唐朝诗人孟郊的诗"谁言寸草心,报得三春晖"深得人心,正如小草报答不了太阳的照耀,子女也永远报答不了父母的养育之恩。

日积月累

谁言寸草心,报得三春晖。——(唐)孟郊

亲生子和养子（蒙古族）

讲述者：新吉赛 / 翻译者：乌恩奇 / 选自内蒙古民研会编《蒙古民间故事》

很久以前，有一个女人，膝下有两个儿子，大儿子是亲生子，小儿子却是养子。母亲对亲生子视若掌上明珠，吃得好，穿得好，照顾备至。可是对养子却是冷眼相待，张口便骂，举手便打，破衣剩饭，百般虐待。哥哥看到弟弟这样受气，也有些可怜他，因而常常将自己的食物分给他吃。

这样过了好多年，兄弟二人已经到手能扶马鞍、脚能踩马镫的年龄。这一天，兄弟二人去放牧，二人骑马来到山野，哥哥说："现在我们已经长大成人，可以到外面去闯荡一下了。"

"如果我们到外面，家中老母孤苦伶仃，无依无靠，可怎么办？"弟弟说。

哥哥说："既然已经可以自立了，我们就该去看一看整个世界。"

二人回到家里，哥哥对妈妈说："妈妈，我们已经到了自立的年龄，想要去看一看外面世界。"妈妈听了，只好答应儿子的请求。当他们上路时，妈妈给亲生儿子的口袋塞满了金块，骑上有银鞍的高头大马；给养子的口袋却装满粗馍，马鞍是木制的。

当他们远离家乡后，养子一直思念着母亲，说："可怜的妈妈，一个人留在家里，不知会多么辛苦。"说着，他三次回头遥望家乡。亲生子却头也不回地走了。

兄弟二人在外面过了许多年，终于当了官：哥哥当了西门中堂，弟弟当了东门中堂。

留在家里的母亲，年老体衰，身体一天不如一天，积蓄也用光了，生计不能维持下去，于是只好出来寻找自己的两个儿子。

母亲不知走了多少天，风餐露宿在荒郊野外，穿过戈壁沙漠，走过无垠大地，历经了千辛万苦。有天夜晚，她正在越过一片沙漠，忽然看到远处有件东西在闪闪发光。当她走近前来一看，原来是一块石头，她随手将石头放在了口袋中。就这样，老妇人历尽艰难，终于来到一个城镇。她得知自己两个儿子在这里做了官。大儿子是西门中堂，二儿子是东门中堂。妇人想：过去她亏待了养子，现在他一定怀恨在心，就想先见亲生子。于是她来到了西门，等待亲生子的到来。不一会儿，亲生子坐着黄色轿子去朝拜皇上。母亲看到儿子，就跑上前去呼喊着他的乳名，可是被侍从们拉到一边。西门中堂在轿中说："是什么人这样大胆，竟敢呼叫我的乳名？"

"是一个衣衫褴褛的老妇。"侍从们回答说。

西门中堂听了，大怒道："大胆贫妇，竟敢在我轿前阻拦，快快赶走她！"老妇人就这样被赶走了。

母亲想不到亲生儿子竟是这样忘恩负义，心中无限悲痛，就带着几分侥幸心理，来见东门中堂。当侍从们报告东门中堂后，东门中堂知道是母亲来了，他赶紧叫人请到屋内，让妻子也出来行跪拜之礼。养子为母亲更换了新衣，拿出最甜美的食物，殷勤款待，回忆当年的事，竟然忘记了朝拜皇帝。

皇帝见东门中堂未上早朝，生气地说："这东门中堂竟敢蔑视皇帝，破坏朝规。除非他能献上一件宝物抵罪，否则决不能轻饶他！"

养子听到这个消息，一时愁眉苦脸，茶不思，饭不想。母亲和妻子见到他这般情景，便追问原因。母亲听了后，难过地说："母子离散多年，今天好不容易团聚，想不到却给孩子带来了灾祸。"这时，她突然想起自己在荒漠中拾到的一块闪闪发光的石头，觉得那东西也许是皇帝想要的宝物，于是就说："我在千里荒漠中拾到一块宝石，如果献给皇上，也许能使你获得赦免。快去将我的旧衣服找来，那块宝石我藏在衣袋里。"

第二天，东门中堂将那块石头献给皇帝，皇帝看了高兴地说："这是一块真正的价值连城的宝石。不过，你是怎么得到它的，老实讲出来，否则你会因为盗窃宝物而罪加一等。"

东门中堂只好将与养母离散多年，养母为了寻找儿子，历尽千辛万苦，越过渺无人烟的荒漠时拾到宝石的事，一一讲给皇帝。皇帝感动地说："一个在歧视中长大的养子，竟然不忘养母，能以德报怨，你有神一样的怜悯之心，应该赦免一切罪过。可是你哥哥作为亲生儿子，对母亲是那样无情，这种忘恩负义者，应该判他死罪。"

养子听了，慌忙跪伏在地，连连叩头，说："养母虽然有错，但毕竟抚育我长大成人。哥哥怠慢了亲生母亲，也是出于无意。哥哥带我云游四海，同甘共苦，是真正的手足之情。万望圣上宽恕他们吧！"

皇帝恩准了养子的请求，宽恕了亲生子的罪过，让亲生儿子和养子一起，好好抚养自己年迈的母亲。

故事小火花

小儿子是养子，一直深受母亲的虐待，他却仍然有一颗善良的心，在外出时惦记着母亲，在母亲来探望时盛情款待。小儿子以德报怨的品行感动了皇上，赦免了罪过，使他们母子团圆。

知道中国，多一点

中堂：在古代，宰相也被称为中堂，是个很大的官。明清时期，中堂是指内阁大学士，清末的历史人物李鸿章正是李中堂。

日积月累

奉事忠厚善良，不枉为人一生。——谚语

桑洛和娘洛（藏族）

讲述者：牟豆拉（40岁）/ 采录者：豆改杰 / 采录时间：1986年 / 采录地点：青海省平安县

桑洛和娘洛是同父异母的弟兄，可他俩比一个阿妈养的还要亲、还要好。桑洛已经娶了媳妇，桑洛的后妈对桑洛和他的媳妇刻薄极了，恨不得把桑洛两口儿一口吞掉。娘洛非常心疼桑洛，可对狠心的阿妈一句话也说不上。桑洛每次受气挨打，兄弟俩只好一块儿哭一场。他俩有一个十七八岁的妹妹，到了出嫁的年龄，家里穷得拿不出一分钱的嫁妆来，阿妈便硬逼着桑洛到外面挣钱。桑洛呢，忍气吞声，一一听从。娘洛不忍心让他一个人出远门，硬是和阿妈哭着闹着要陪着桑洛一起去挣钱，阿妈也只好答应让他跟上桑洛走了。

兄弟俩在外面跑了一年多，挣了不少钱，他俩准备好妹妹的嫁妆，买了十几头牲口，就踏上了回家的路。当他们走到一座叫日桑多的山下时，偏偏遇上了一伙强盗。桑洛怕弟弟吃亏，弟弟又担心桑洛遭不幸，两个人争着要去和强盗拼杀。最后桑洛说："娘洛啊，快把弓箭给我，你烧上茶，守着东西和牲口，我去打他们。那几个毛贼，我知道怎么对付。"娘洛只好让桑洛独自去迎战强盗。

桑洛骑上快马，张弓搭箭，威风凛凛。强盗们一见，不由得胆怯起来，连连后退。趁着这工夫，桑洛眼疾手快，先发制人，"嗖嗖嗖"几箭射出去，前面的几个强盗来不及躲闪，立时倒地了。等桑洛再取箭时，被强盗的箭射中了，一头栽下马去。娘洛看见后急忙抢步来到桑洛身边，射死了那几个强盗。

娘洛把桑洛抱在怀里,只见桑洛血流满身,奄奄一息。过了好一阵,桑洛才醒过来,慢慢地睁开眼睛,吃力地说:"弟弟呀,快,快把我背到日桑多山顶上。"娘洛流着泪点了点头,背起桑洛,一步一步艰难地往上爬。到了半山腰,背不动了,娘洛想停下来休息一会儿。桑洛说:

"娘洛呀,娘洛,

我的尸体请别放在这里。

这里是狼狗出没的地方,

它们会把我扯碎吞吃掉。"

娘洛听了,又背着阿吾①喘着气,一步一步往上爬。爬了半截,实在走不动了,又想停下来,只听桑洛说:

"娘洛啊,娘洛,

这里是强盗出没的地方。

他们会在我的头上撒尿,

---

① 阿吾:藏语,即哥哥。

他们会把我踢下山岗。"

娘洛听了,又鼓了一口气,把桑洛背到了山顶上,这才放下桑洛问道:"阿吾,放这里成不?"桑洛点了点头,说:"娘洛呀,娘洛,你回到家,要是你述毛①问起我,你就说我在后面赶着羊,慢慢地走,千万别说我死了,不然她会伤心死的。妹妹出嫁的时候,你给她送上一匹能换来一百包茯茶的好马,就说是我的礼物,我的心意。"说完就闭上了双眼。娘洛伏在桑洛身上,伤心地哭啊哭啊,眼泪都哭干了,这才一步三回头地下了山。他一离开,无数只在山顶上盘旋的鹫鹰立即落下来了。桑落的尸体顷刻间葬身鹰腹,只剩下了一堆白骨。

再说桑洛媳妇,天天等、夜夜盼男人和娘洛回来。一天,她出门去背水,远远地看见来了一帮牲口,她以为桑洛弟兄俩回来了,满心欢喜地迎了上去。可是一到跟前,见不是他弟兄俩,她伤心地痛哭一场。第二天她又出去等,又过来了一队牲口。到了跟前,又不见他兄弟俩,她忍不住又哭了一场。第三天她又去等丈夫和娘洛,看见又来了一帮牲口,她远远地迎了上去,可是赶牲口的只有娘洛一人,单单不见自己日思夜盼的丈夫桑洛。她急切地问娘洛:"怎么只有你,不见你的阿吾?"娘洛想起桑洛临终时候说的话,回答道:"阿吾在后面赶羊群,羊走得慢,他落在了后头。"嘴上虽这么说着,可是想起阿吾的死,又看一看可怜的述毛,眼泪又禁不住流了下来。桑洛媳妇发觉不对头,猜疑出了什么事儿,要不他们兄弟俩是不会分开的。她就再三追问,娘洛没有办法,只好吐露了真情。

丈夫的死讯犹如晴天霹雳,桑洛媳妇哭得死去活来,不顾娘洛苦劝,说道:"活面难遇,也要遇个死面。"说着便发疯似地往日桑多山奔去。走到日桑多半山腰里,迎面碰上了一个哲毛②。只见她披头散发,张牙舞爪,要吃桑洛媳妇。桑洛媳妇对哲毛说:"我的男人死在了这座山上了,我没遇上他的活面,还想遇个死面,等我回来了你再吃我也

---

① 述毛:藏语,即嫂嫂。
② 哲毛:女魔鬼。

不迟吧?"哲毛听了她的话说:"死人嘛,能用我的苦胆救活,可我的苦胆谁敢来拿呢?"说者无意,听者有心。听哲毛这样说,桑洛媳妇的心里一动,尖声叫道:"你看天上飞的鸟儿有多大!"趁哲毛抬头朝天上看的机会,桑洛媳妇抓起一把沙土打在哲毛眼睛里。哲毛睁不开眼睛,一个劲地揉着。桑洛媳妇早已拔下尖尖的头钗,猛一用劲,戳死了哲毛,剖开胸腔,取出哲毛的苦胆,又上山寻桑洛去了。

到了山顶,眼前只横着一副骨架,她跪在尸骨旁失声痛哭。那些吃了桑洛尸骨的鹫鹰听到哭声,又纷纷飞回来,把吞下的骨头、肉都吐了出来。她止住哭声,把那些零散的骨头拼在一起,用哲毛的苦胆往上面抹,桑洛慢慢地又活过来了!夫妻俩相抱在一起,又高兴又伤心,诉说着离别后的苦难,一直到天黑,才下山往家里走。

刚走到家门口,就听到娘洛替桑洛夫妻抱不平,娘洛和他妈你一言、我一语争吵不休,他们没想到桑洛两口子活着回来了,阿妈羞愧难当,又被两兄弟的情谊所感动,于是对桑洛就像亲生的一样。从此,桑洛两口子和娘洛都过上了幸福的日子。

故事小火花

娘洛和桑洛的兄弟之情值得感动，娘洛陪着桑洛去外面闯荡，桑洛为了保护娘洛，在与强盗的拼杀中丧生。不过桑洛的媳妇没有放弃，救回了桑洛，从此，桑洛夫妻俩和娘洛都可以幸福快乐地生活了。

知道中国，多一点

嫁妆：女子在出嫁的时候，娘家会准备衣被、家具、用品，甚至一定数额的金钱等，让新娘带去夫家，这就是嫁妆。准备嫁妆这一习俗在各个国家、各个民族广泛存在，只是不同地方所送的嫁妆不同。嫁妆是新娘带去新郎家的，与之相对的是聘礼和彩礼，这是由新郎家送给新娘家的。

日积月累

内睦者，家道昌。——（宋）林逋

牛娃和狗娃

讲述者：王招娣（42岁）/ 采录者：王金仙 / 采录时间：1987年 / 采录地点：浙江省嘉兴市

从前，有一个孩子叫狗娃，他五岁那年，母亲得病去世了。父亲整天在外做生意，家中没人照顾。后来经人介绍，狗娃的父亲跟邻村的一位寡妇姚氏结了婚。姚氏也有一个孩子叫牛娃，比狗娃大两岁。姚氏过门后待狗娃像亲骨肉一样。一家人和睦相处，日子过得很美满。狗娃的父亲生意做得得法，没几年就积蓄了一笔钱财，还盖起了六间大瓦房。

有一年，姚氏病倒了。一天，她把牛娃叫到床前，对他说："孩子，你今天要对娘说实话，你弟弟狗娃待你如何？"牛娃说："胜过亲兄弟。""你知道他为什么待你好吗？他是想平分你父亲的家产。""兄弟平分家产是理所当然的。"牛娃说。"畜生，我眼看快不行了。以后谁来关照你？我要你去把狗娃弄死！今天早上我做了两个甜饼，那个有花纹的我放了毒药，等狗娃回来你就骗他吃下去，懂吗？"

牛娃听了母亲的话，

感到进退两难，他不忍心毒死狗娃，又不敢违抗母命。中午，狗娃放牛回来了，见哥哥脸色不好，关心地问道："哥，你怎么了，身体不好吗？"牛娃听了这话，更加伤心，鼻子一酸，眼泪就流了下来。狗娃见了，急忙说道："哥，你怎么哭了？妈知道了会更伤心的。你瞧，妈对我们多好，她身体不好，今天早上还特地为我们做了甜饼，这有花纹的多漂亮，你快吃吧。"牛娃一想，妈妈要我毒死弟弟，我不如自己吃了那有毒的甜饼，也许妈妈对狗娃的态度会有所改变。

他这样想了后，便大口地吃下了甜饼，来到母亲床前跪下，哭着说："妈，我对不起您，我自己吃了那有毒的甜饼，请您以后待狗娃好些。"姚氏听了高兴地说："今天的事，你做得对，我本来担心在我死后，你们兄弟俩要为分家闹纠纷，现在我放心了。其实，那带有花纹的甜饼本来就没有毒，只是我想试试你罢了。"

不久，姚氏去世了，牛娃和狗娃仍像过去一样和睦相处，孝敬父亲。后来，他俩都娶了妻子，生了孩子，可他们并没有分家，连他们的子孙也没有分家。

故事小火花

姚氏虽然只是狗娃的后母，但是把狗娃当自己的亲儿子一样对待，牛娃和狗娃的兄弟之情也让人感动。后母慈爱，兄弟和睦，这是一个充满爱的家庭。

知道中国，多一点

氏："姚氏"并不是牛娃母亲本来的名字，在古代，尤其是平民家的女孩，往往在嫁给某家以后，就在夫家的姓之后加个"氏"字来称呼，例如嫁给姓李的人家就称为李氏，嫁给姓崔的人家就称为崔氏，嫁给魏家就叫魏氏。如今时代已经发生变化，女孩和男孩一样，有了自己的名字，伴随她的一生。

日积月累

孝弟（悌）也者，其为仁之本与！——《论语》

友谊胜过生命（柯尔克孜族）

讲述者：哈德尔·依山拜（62岁）/ 采录者：托乎托别克·库尔曼太依 / 翻译者：赛娜·艾斯别克 / 采录时间：1992年 / 采录地点：新疆维吾尔自治区乌恰县

从前有个穷人的妻子，常在灌木林中拾柴。有一天，在拾柴时突然临产，她感到肚痛难忍，在一棵小白杨树下生了个儿子。她用衣襟包住婴儿回到了村庄，将家里唯一的一只山羊宰了，为孩子举行了命名仪式，取名契那尔巴依。

自打契那尔巴依会走路后，他就常常来到那棵小白杨树下玩耍，随着他渐渐长大，那棵白杨树也日渐粗壮。它已不是一棵普通的树，虽然人们聚居在它的周围，但没有人知道它的秘密。

有一天，契那尔巴依和朋友因争夺髀石而扭打在一起。契那尔巴依仰面摔倒在地，当他睁开眼睛看那棵白杨树时，只见树顶上有一个骑着长有四十只翅膀的白马，似月亮般温柔、似太阳般美丽的仙女，白杨树也忽然间长得更高了。一会儿仙女从眼前消失了，契那尔巴依从此知道了白杨树的秘密。

又过了三四天，契那尔巴依带着好朋友一起骑着马，身穿皮大衣去找寻那位仙女。两个人日夜兼程，走过渺无人烟的戈壁，他们的马匹瘦了，人也精疲力竭，这时遇见了一位白胡须老头。两位年轻人出于礼貌向老头致礼，问道："尊敬的长者，请问这条路通向哪里？"老头回答道："我的孩子们，看你们一脸疲惫的样子，就知道你们是远道而来的，能告诉我你们到底在找什么吗？"

契那尔巴依下马，将双手放在胸前，诚恳地将事情的原委告诉了老人。老人仔细听完后虔诚地祈祷："孩子，你还年轻，但愿你的愿望能实现，幸福之门向你敞开。"老头继续说道，"仙女在仙国游玩时，因临产无法回家，就在小白杨树下生了个女孩，你的母亲也在那棵小白杨树下同时生下了你。仙女抱着她女儿下凡，端详着你，在你额头上作了标记，并说这个孩子和我的女儿同时在同一地点出生，这两个孩子的命运和幸福永远连在一起，说完带着女儿飞走了。你娘背着柴火，将你裹进衣襟里回家了。仙女的女儿经常到小白杨树下玩耍，当她一来到这里，白杨树就会长高一截。"

"尊敬的长者，那我怎样才能找到她呢？"契那尔巴依问道。

"孩子，前面的路你已经挺过来了，以后的路要靠你的坚强和勇敢才能胜利。艰辛的路上布满危险，荆棘丛生，你们将要遇到豺狼、巨蟒、黑蛇等凶残的动物，它们震耳欲聋的呼啸声足以使人失去知觉。这时你们就杀掉自己的马匹，将肉喂给野兽们，它们看见肉就不会伤害你们。拂晓时分，当太阳的光芒洒向大地时，大地裂开后会出现一条大道，你们顺着这条路走下去，就会到达仙女的住所。你们将她的长发绕在腰上，这样她就跑不掉了。"说完，老头就消失了。

契那尔巴依和他的朋友按照老头的指点，历尽艰辛，果然到达了仙女的住所。两人怕仙女跑掉，将仙女的头发在腰上绕了五圈之后才叫醒了她。仙女从睡梦中惊醒，看见眼前的青年，惊吓着向空中飞去，由于她的头发绑在了两个人的腰上，仙女试飞了三次都落了下来。她累得无计可施，气愤地质问道："你们是干什么的？"

"我就是那个在白杨树下出生的孩子，叫契那尔巴依。"青年回答道。

仙女将此事告诉了母亲，母亲从契那尔巴依的额头认出了他，就将女儿交给了他，并送他们上了路。契那尔巴依和他的妻子还有他的好朋友到了一座山中，契那尔巴依和朋友每天去山里打猎，而仙女则一个人留在家里。

有一天，仙女在家感到无聊，来到河边梳洗头发。她的一缕头发掉在河里，缠在汗王水磨坊的水磨齿轮上，水磨因此停止了转动。恰好汗王巡游来到水磨坊前，看见没有运转的水磨和绕在齿轮上的那缕头发后，龙颜大怒，召集众大臣训斥道："哪个女人的头发竟缠住了水磨，谁能替我找到这个女人？"

"我能，但有什么赏赐呢？"从人群中走出一个面黄肌瘦、狡黠的驼背老太婆。

"你想要什么就给什么。"

"我要一个十五岁的孩子。"

汗王答应了老太婆的要求。于是老太婆动手做了一个水陆两用的小舟，驾舟沿河水逆流而上，找到了河的源头。她把小舟停靠稳妥，一路寻找，到了晚上，终于找到了仙女的家。她假装可怜地哭着说："我的乖丫头，我身无分文又无处安身，是个可怜的老太婆，如果你可怜我，就让我在这里找一份差事。求你怜悯我，让我留下来吧。"仙女左思右想，最终同意收留老太婆。

契那尔巴依回来后知道了此事，也赞同地说："这样也好，每次你都一个人留在家里，以后你好歹有个伴。"老太婆一点都没有引起他们的怀疑，就这样平静地过了几天。这天老太婆领着仙女来到河边，为她梳理头发，说道："唉，我的乖丫头，我的眼睛越来越不好使了，你快瞧瞧，那是什么？"她指着停在远处河里的小舟问道。仙女因为拿不准那是什么，就将老太婆带到小舟旁。老太婆佯装不知上了小舟。"这真是太美妙了！你也上来，让我们尽兴地划船游玩吧。"老太婆半开玩笑地说。对此丝毫没有怀疑的仙女，经老太婆一提议，她就跳上了船。在船上她尽情欣赏两岸景色，不知不觉忘记了自己已离家越来越远。就这样，老太婆将仙女骗到王宫，得到了汗王的赏赐。

　　汗王想与仙女成亲，就宰羊杀马，筹办起了盛大的婚宴。这时候，契那尔巴依和好朋友回到家，得知仙女被老太婆骗走了，就沿河岸寻找，顺流而下，进入了汗王的城堡。正赶上汗王在办婚礼，婚礼上人山人海，人群拥挤得水泄不通，找不到进口。契那尔巴依急于见到自己的妻子，为了表明自己的到来，他向空中开了一枪。仙女知道是丈夫来救她，就请求老太婆让她出去看看，老太婆坚决不答应，仙女一气之下朝老太婆胸口踢了一脚，飞快地夺门而逃。契那尔巴依和他的朋友抓着仙女的长发飞走了。人们看到此景，惊讶万分，汗王张着嘴呆在那儿，婚礼就这样草草收场了。

　　三人径直飞到了自己的家，契那尔巴依认为他们树敌很多，四处流浪也不是办法，正为此发愁，仙女建议去投奔契那尔巴依的亲戚。就这样，三人向着契那尔巴依所住的村庄进发了，人们一传十，十传百，契那尔巴依和好友带着仙女回乡的消息早已传到了汗王那里。"我要娶仙女为妻，她是属于我的，他有什么资格娶她？"汗王心里愤愤不平，密谋杀害契那尔巴依，将仙女占为己有。正在旅途中的契那尔巴依的好友做了个梦,他对契那尔巴依说:"今天我做了一个奇怪的梦,以后再告诉你,目前我只想请你什么也别问,只要答应我三个要求。"契那尔巴依答应了他的要求。

就在三人快到村庄时,汗王派来的卫兵带着三匹马挡住了他们的去路,其中一匹马的马鞍上涂满了毒药。契那尔巴依的好友偷偷地杀了三匹马,将马鞍烧掉。之后,汗王的手下又送来了猎鹰,契那尔巴依的好友将绑猎鹰的绳索烧掉,将它放飞。最后,汗王又派一位青年送来了涂了毒药的衣服,好友也没有让契那尔巴依穿,将衣服全部烧掉了。朋友没有将汗王的种种丑行告诉契那尔巴依,因为他觉得契那尔巴依和汗王是亲戚,即便告诉他真相,他也是不会相信的。就这样,他们终于到达了村庄,但他们的屋里竟然涂满了毒药。三人因旅途劳累,进门倒头就睡。契那尔巴依的朋友醒来后发现屋顶上滴下的毒液滴在了仙女脸上,他为了不惊醒仙女,就轻轻将仙女脸上的毒液一点点吸吮再吐掉。不巧这时契那尔巴依醒来了,他看见好友的举动后大发雷霆:"你的友谊原来是这样的?!"契那尔巴依对朋友既失望又生气,于是和他断交了。

但是，不久就传来契那尔巴依被汗王杀害的消息。契那尔巴依的朋友来到仙女住处，提醒她躲避一阵子，以免汗王加害于她。仙女将七根铁针插进地里，口中念念有词："七层楼那么高的铁房子快快出现吧。"果然就有七层楼高的铁房子出现在面前，她把自己关在铁屋子里。

契那尔巴依的好友将契那尔巴依的尸体放进"乌库克"①中，在旷野上放声大哭。那个白胡子老头又出现在他的面前，问道："我的孩子，你在哭什么？有什么难处吗？"

"亲爱的老爷爷，我有一个从小一起长大的情同手足的朋友，可他却不幸身亡，求您想办法救救他吧。"朋友边抹泪边哭诉道。

老头说："只要你真心祈祷，你的愿望就会实现。"老头从"乌库克"上来回跨了几次，又用拐杖敲了敲箱子，契那尔巴依果然起死回生，而老头却消失得无影无踪。

契那尔巴依揉了揉眼睛睁开了眼，迷惑不解地问："我们怎么在这儿？"朋友将发生的事情原原本本告诉了契那尔巴依，他才知道误解了朋友，两人又和好如初，回到了村庄。这时汗王正打算和仙女成亲，却怎么也进不了那铁屋子。恼羞成怒的汗王召集能工巧匠，用磨石和锯子试图打开铁屋。这时汗王看见两个英雄来了，吓得立即解释道："我担心你的妻子挨饿，所以就叫人准备打开铁屋。"契那尔巴依一怒之下砍下了汗王的脑袋，人们无不拍手称快。

契那尔巴依被拥护做了汗王。他为朋友选妻成婚，赏给他成群的牛羊和丰厚的家产，朋友虽然很富有，可他对财富还是没有兴趣，这使契那尔巴依不可理解。他召集大臣们商讨此事，他们说："从前的汗王在您的屋里下毒致您于死地时，您的朋友背着您来到旷野，他曾哭诉道，对我来说，牛羊、财产、孩子都不重要，只有契那尔巴依最重要。他的愿望实现了，可见您的朋友需要的并不是财富。"

---

① 乌库克：柯尔克孜族用于装食品或杂物的木箱子。

从那以后，民间就流传着这样一句话："友谊胜过生命。"

故事小火花

契那尔巴依最应该感谢的，是他的好朋友，他陪伴契那尔巴依找到仙女，在仙女被骗走之后又一起找回了仙女。为了救契那尔巴依和仙女，自己承担着误解，经历重重艰难险阻，忠心耿耿，他的友情让人感动。所以，友谊胜过生命。

知道中国，多一点

柯尔克孜族：故事发生在柯尔克孜族，这是我国西北的一个少数民族，故事中提到，契那尔巴依出生以后，他的妈妈杀了一头羊来做命名仪式。柯尔克孜族生孩子有很多讲究，孩子出生以后，母亲要先为孩子取一个名字，三天后正式举行命名仪式，要请附近年长的有德有学问的人以及宗教人士参加，联合协商定名，这时，亲戚朋友都要来祝贺。

日积月累

山河不足重，重在遇知己。——（唐）鲍溶

瓜花水酒情义重

讲述者：许广国（64岁）/ 采录者：王兴和、尹红梅 / 采录时间：1987年 / 采录地点：江苏省邗江县

从前，有个秀才，二十多岁，家里很穷。一天，听说京城开考，家里却没钱做路费，妈妈说："儿呀，你去跟舅舅借借看。"

舅舅不在家，一等等到中午。舅舅回家来了，就对外甥说："你有什么事啊？""想跟舅舅借几两银子，到京城赶考。""不好啦，我没得钱啊，有一点已被你家老表带出去做生意了。"外甥子鼻子一捏①，站起身来就走。

走到大门口，看见舅舅门口一棵大梨树结的满树梨子。他肚子又饿，嘴又渴，就对舅舅说："午饭没有吃，嘴又干，想摘个梨子吃吃。"舅舅抬头一望："啊唷，乖乖啊，皇历上头说的今个东风不能下梨啊。"外甥子又是鼻子一捏。

一走走到个朋友家。这个朋友家里也穷，见他来了，就跑去跟女人家商量："某人来了，怕还没吃饭，你到后院，摘点个瓜花炒炒。"他没钱打酒，就舀了一碗水，以水当酒喝，边吃边谈。听说秀才要到京城赶考，到舅舅家借钱，分文没借到。这个朋友二话没说，把仅剩的八十文钱拿了给他。

回到家，秀才又跟左邻右舍借了几文，拼拼凑凑做了路费。到京城后，一下子考上了，得了个头名状元，点放个七省巡按。按惯例，上任前要回家祭祖。

---

① 鼻子一捏：意为受人抢白或委屈，无可奈何的样子。

那边舅舅听到了，心想："巴你妈妈①，中了状元了，我要去看看呢。"舅舅有钱哎，一抬抬上十几抬礼物。状元听报是舅舅来送礼，对门官说："不见，叫他把礼抬回去，我不收。"舅舅只好回家去了。

他的朋友提着篮子拎了一点礼物来了。拎的什么？一只鸡，几个鸡蛋，纯是乡中土物。这块门官又报："大人，门外有人求见，他说是你的朋友，拎了一点礼。"状元一听，说："大开正门迎接。"门官觉得蹊跷，问状元对两个送礼的为啥两样接待，状元只说了两句话："瓜花水酒情义重，可恨东风不下梨。"

故事小火花

舅舅太势利，一文钱也不借给秀才，连梨子也舍不得摘一个，而朋友虽然家穷，却真心相待，所以秀才中了状元之后，对舅舅的大礼视而不见，对朋友的薄礼却隆重接待。

---

① 巴你妈妈：粗话，用在说话开头作为发语，或用在中间作感叹的语气。

知道中国，多一点

状元："状元"这个词已经被大家熟知，状元是古代科举制度的榜首，类似于今天的高考第一名，所以我们常用"高考状元"。有些文艺作品中常常出现考上状元后被皇上招为驸马的情景，其实古人经过多年的寒窗苦读，又经过层层的考试，考上状元时，往往年事已高，不太可能被年轻的公主招为驸马。历代状元中，唯一有据可考的被皇帝招为驸马的，是唐朝状元郑颢。不过，如今时代在变化，"三百六十行，行行出状元"，在各行业只要自己努力，都可以成为佼佼者。

日积月累

人生贵相知，何用金与钱。——（唐）李白

人情好吃水甜

讲述者：何国昌（54岁）/ 采录者：何如军 / 采录时间：1987年 / 采录地点：浙江省淳安县

很久以前，有一对知心朋友，一个叫张三，一个叫李四，两个人胜过亲兄弟。他俩的妻子也结成一对好姐妹，人们都称赞他俩是前世修来的缘分。

有一天，张三到李四家里去做客，碰巧李四手头紧，拿不出酒来招待。李四的妻子见状，就从耳朵上摘下耳环，拿去买了半碗米酒招待张三，另外用半碗水让自己的丈夫陪客。谁知上桌以后，李四不知内情，见自己碗里满一些，觉得不礼貌，就和张三换了一碗，两人就吃了起来。

饭后，张三走了，李四夸自己的妻子能干，买酒来招待朋友，没有使他丢面子。妻子一听，知道糟了，忙说明原因。李四对自己好心办了错事，后悔莫及，连忙起身追赶张三。追到半路上，两个朋友相会了，李四就把事情经过向张三讲明，请张三原谅。张三十分高兴，说："虽然今日吃的是水，但只要人情好，吃水也是甜的啊！"

故事小火花

为了能让张三喝到酒，李四的妻子卖了耳环，虽然最后因为误会，张三喝的是水，但是他明白李四的真心和仗义，所以觉得吃水也是甜的。

知道中国，多一点

换酒：在古代，不管是自酌自饮，还是与朋友谈笑言欢，酒都发挥着重要的作用。古人为了能沽得酒喝，还常常拿东西来换酒，李白诗就有"五花马，千金裘，呼儿将出换美酒"。元稹的妻子为了让元稹能有酒喝，还当掉了自己的金钗。但是，喝酒对身体是有害的，喝酒伤身是常识，所以正如文中提到，只要友情常存，喝的水也是甜的。因此，最重要的，还是朋友间的情谊，如果情谊在，酒不喝为好。

日积月累

万两黄金容易得，知心一个也难求。——（清）曹雪芹

后记

　　《中国故事库》中所选用的多篇精彩的民间故事，全部来自《中国民族民间十部文艺集成志书》(以下简称《十部文艺集成》)中的《中国民间故事集成》。作为汇集了海量民间智慧的《十部文艺集成》，它秉承了中国盛事修志的文化传统，以超乎中国以往任何历史时期的广度和深度，对民族民间文艺进行了一次全面、深入的普查和挖掘，系统地收集和保存了我国各地各民族的民间优秀文学艺术遗产，记述了其历史与现状。这是一套气势恢宏，具有中华民族深厚文化传统和独特民族风格的民族民间文学艺术的鸿篇巨制。

　　《十部文艺集成》的整理和出版，凝聚了众多文艺工作者和民间艺人的心血与智慧，同时也为世界文化宝库增添了一个绚丽多彩的瑰宝，并将中华民族数千年来散落在民间的无形精神遗产变为有形文化财富。它不仅为研究中国民族民间文艺，研究中国的社会、历史、宗教、民族、风俗提供系统、丰富、可靠的资料，也为繁荣当前的文艺创作，提供了取之不尽、用之不竭的素材。更为重要的是，它还将对促进中外文化交流，增强中华民族的凝聚力、自豪感，产生极为深远的影响。

　　具体到《中国故事库》丛书的编写过程中，面对浩如烟海的民间故事，我们对其进行了仔细的遴选和编辑。首先在规模上确保每个省、市、自治区都有一篇故事入选，同时也尽可能多地采纳了那些来自少数民族的故事。其次，针对本书的主要阅读对象，我们从思想内容和审美趣味两个方面对故事做了适当的筛选和取舍，侧重选择了一些趣味性强，易于青少年理解和接受的故事。另外，我们还在每篇故事的篇首完整地注明了故事的讲述者、采录者、采录时间和采录地点等信息。这些信息大大增强了故事来源的现场感，也表达了我们对故事背后民间文艺工作者的敬意。最后，我们还在不破坏民间故事原味与语意的基础上，对部分故事进行了适当的润色和修改，以使读者的阅读更加顺畅。

《中国故事库》系列丛书能够与读者见面得益于众人的努力，除了前面提到的民间文艺工作者之外，还要向协助本书出版的朋友们致以谢意。最先要感谢的是光明日报出版社的诸多同人，尤其是潘剑凯社长的大力支持，以及钟祥瑜、焦春华两位编辑的辛勤付出，没有了他们，《中国故事库》系列丛书就只是徒有空想，始终无法穿上漂亮的书衣。刘先福、阿比古丽尼亚孜、张远满和李洋四位同学在故事遴选和后期校对这两个环节贡献良多，他们的努力为本书提供了品质保障。此外，本书能够顺利付梓也离不开文化部民族民间文艺发展中心主任李松和中国节日志编辑部的王学文、崔阳和魏玮，他们也在出版过程中做出了各自的贡献。

当然由于编者的水平有限，书中难免会有疏漏，恳请广大读者朋友们予以指正，对于您的帮助我们不胜感激。

文化部民族民间文艺发展中心